半世
因缘 *Banshi Yinyuan*

时代出版传媒股份有限公司
安徽文艺出版社

作者简介：

郭璇，本名郭鹏鹏，供职于中国电科。安徽省作家协会会员，安徽省散文家协会会员，安徽省散文家协会副秘书长、党委成员。爱好散文、小说。发表散文作品《我的音乐呢》《那些教育的事》等，获奖散文《家在合肥西》。著有短篇小说《李万红的迷惘》，中篇小说《爱情天平》，长篇小说《青春记》。

半世因缘

郭 璇 /著

Banshi Yinyuan

时代出版传媒股份有限公司
安徽文艺出版社

图书在版编目（CIP）数据

半世因缘/郭璇著.—合肥：安徽文艺出版社,2018.7
ISBN 978-7-5396-4806-4

Ⅰ.①半… Ⅱ.①郭… Ⅲ.①长篇小说－中国－当代 Ⅳ.①I247.5

中国版本图书馆CIP数据核字(2018)第031718号

出 版 人：朱寒冬
责任编辑：周　丽　　　　　　　　装帧设计：徐　睿

出版发行：时代出版传媒股份有限公司　www.press-mart.com
　　　　　安徽文艺出版社　　www.awpub.com
地　　址：合肥市翡翠路1118号　邮政编码：230071
营 销 部：(0551)63533889
印　　制：安徽联众印刷有限公司　(0551)65661327

开本：880×1230　1/32　印张：10.125　字数：200千字
版次：2018年7月第1版　2018年7月第1次印刷
定价：32.00元

(如发现印装质量问题，影响阅读，请与出版社联系调换)

版权所有，侵权必究

目　录

序　篇

苏子涵·唐子臻 / 003

唐文彬 / 011

遇见爱情 / 021

回忆篇

林秀·苏不凡·黄韵云 / 029

命运转折 / 056

高山峰 / 061

林秀的新生活 / 068

现在篇

苏子涵·高山峰 / 071

唐文彬的魅力 / 078

如果·爱 / 084

女主播林以珊 / 101

唐文彬·林以珊 / 123

林秀 / 127

苏子涵的第一次 / 130

工作 / 141

林以珊的诱惑 / 145

车祸事件 / 150

唐文彬的幸福生活 / 168

高山峰受伤事件 / 170

舅舅来了 / 183

爱情不容易 / 189

玄妙的风水 / 192

唐子臻追随音乐梦想 / 198

苏不凡留下的青铜器 / 205

黄韵云过生日 / 208

卫城项目 / 225

三个人的爱情 / 231

欠了人情 / 233

爱情有好转 / 237

百转千回 / 243

高山峰·陈圆圆 / 253

高山峰·苏子涵 / 260

叛逆的爱情 / 263

还是家好 / 270

卫城项目有变 / 273

卫城项目依然不顺利 / 276

爱情注定凄美 / 282

分手后遗症 / 286

林秀·黄韵云 / 293

神秘的青铜器 / 300

林秀对子涵的爱 / 300

青铜器的探源 / 303

唐子臻回国 / 306

提亲 / 310

卫城项目终于扳回一局 / 312

结婚登记路上 / 316

序　篇

苏子涵·唐子臻

苏子涵和唐子臻是同母异父的姐妹。苏子涵的父亲苏不凡是一名法官,她3岁的时候,父亲在审理完一桩案件后,被刺杀身亡。母亲林秀28岁再嫁,继父也是一位高级知识分子,在市委宣传部做干事。

婚后不久,林秀生下了唐子臻。苏子涵比唐子臻大5岁多,唐子臻小的时候,母亲忙于工作,苏子涵便帮着妈妈带唐子臻,所以,唐子臻小时候很依赖苏子涵,姐妹俩感情很好。

唐子臻的父亲唐文彬大学毕业后一开始在中学教书,由于他有理想,有抱负,活动能力强,广交朋友,积累了一定的人脉,后来从学校调到市委宣传部工作。40岁的时候,他就做了宣传部副部长。10年后,他成为部长。

林秀是市文工团的一名歌唱演员,优雅美丽,头发盘得高高的,就是在45岁不惑之年,依然保持着女性的魅力。得体的谈吐,身材保养得很好,她并没有随着年华逝去,而忽略了自己作为一名歌唱演员的本色。受母亲的教育,姐妹俩从小学习舞蹈、歌唱,和母亲的身材一样,都瘦瘦高高的。而15

岁的唐子臻更是遗传了唐文彬的身高,已经比20岁的苏子涵高了。

这一年冬天,苏子涵带着唐子臻去外婆家。林秀出生在江南小镇。

下了火车,苏子涵姐妹俩走出火车站。这个小小的火车站坐落在山坳里,四周被大山包围,乘客稀稀拉拉、不急不躁。空气无比清新。

苏子涵立刻被这宁静的氛围所感染,禁不住猛吸一口气,喃喃自语:"这才是空气的味道,城市的空气质量都太差了,这里才是最适合养老的地方。"

"姐,你才上班,就想着要养老,是不是上班太累了?"

"反正不轻松。"苏子涵的表情略显沉重。

"不轻松,就换一个工作呗。"

"哪有那么容易的,这个工作也是我千辛万苦得来的。"

苏子涵的性格是抑郁质型的,可能缘于父亲早逝,很早就懂得生活的艰苦。她懂事比较早,想得也比别人多。

唐子臻不一样,她是父母的掌上明珠,性格活泼开朗,15岁就已经出落得像个大姑娘了。同母异父的姐妹俩并不十分相像,只是眉眼之间有几许相似,但都很秀气、漂亮。

有些时候,苏子涵只是尽姐姐的责任,她并没有倾注所有的血浓于水之情。她有自己的世界、自己的想法,有时一家四口其乐融融的时候,她会离开,觉得自己是多余的,甚至觉得那是假象。

唐文彬为人正直,从没把苏子涵当作外人,而是把她和唐子臻一样对待。这是林秀感到欣慰的地方,在心里对唐文彬的君子作风满是感激。

苏子涵并没有不满意现在这样的家庭状况,没有不感激母亲、继父的养育之恩。也许是血液里流淌着一种气质,让她总有淡淡的忧伤,无言诉说。

姐妹俩上了出租车,一路往古平镇驶去。外婆家离火车站还有30分钟的路程,出租车行驶在新修的马路上,穿行在山林间,姐妹俩感到惬意极了。

每次去外婆家,都是姐妹俩最开心的时候,因为城里来的小姑娘总能在外婆家里受到无比的优待和尊敬。近些年,乡下发展也非常好,家家户户都是两三层小楼,每次回来,她们都能发现农村的变化。

出租车刚驶进古平镇,苏子涵就叫车子停了下来,付了钱,两人下了车。

唐子臻问:"姐,外婆家还没有到,我们怎么就下来了?"

"一来外婆家也不远了,我们走着就能到。每次去外婆家,附近的景色都没有好好观赏过,我们先去玩玩,再去外婆家。二来也省了车费,出租车费多贵呀。"

唐子臻很听姐姐的话,因为这个姐姐从小陪她长大,她从没有怀疑姐姐对自己的爱。

现在的城镇都被开发成旅游度假村了,栋栋别墅立在山坡上,一些青石板的老街更是变成文物保护区,苏子涵一路惊喜一路叹,对于这样的发展更是赞不绝口。而唐子臻还是小女孩,在小商铺里流连,摸摸这个,看看那个。

"妹妹,你要买什么?我给你买。"苏子涵问唐子臻。

唐子臻看中了一个很精致的丝绸包,拿在手上把玩,左看看,右看看,又看看价格,放下了。苏子涵看出她喜欢,便拿出钱包,准备买下来,唐子臻不让。

"太贵了,姐,没必要买。"唐子臻家教良好,从不乱花钱。

苏子涵说:"喜欢就买吧,姐姐挣钱的。"唐子臻执意不要,姐妹俩你推我让了半天,苏子涵还是没拗过唐子臻。

两人往前走。又路过一个商铺,姐妹俩边看边欣赏。商铺里的人忽然多起来,姐妹俩离开商铺的时候,苏子涵发现自己的包被打开了,手机和钱包全不见了。

苏子涵这时大惊失色,惊叫道:"子臻,我的钱包被偷了!"

"什么,钱包不见了?啊……那怎么办?"唐子臻惊慌道。

苏子涵也慌了,钱包里有近1000块钱,还有身份证、工资卡。钱是小事,那些证件办下来,耗时耗力。那些钱是准备买点礼物给外婆的,这下礼物还没买,钱就没了。

苏子涵和唐子臻懊恼至极,一直在想着损失的钱和证件。

这时唐子臻灵机一动,告诉苏子涵:

"姐,先别想着丢失的东西了,偷钱包的人一定还在那个商铺里,我们回去找他们。"

"有什么用?谁会承认?那么多人,我们也不知道谁是小偷。"

"你先别灰心,跟我来。"

苏子涵和唐子臻并没有离开多少路程,两人迅速到达丢钱包的商铺,那些人还在商铺里。

唐子臻大喊道:"这个商铺里所有的人都不要动,我刚刚在这里丢了钱包,我们准备查验谁是小偷,如果谁先溜走,就说明我的钱包是谁偷走的。"

店老板见势出来了,是一名 40 多岁的中年男性,询问了苏子涵和唐子臻发生了什么事。苏子涵和盘托出刚刚钱包被偷的事,然后告诉店老板,自己外婆家就在镇上。一个镇上的人大多认识,店老板认识苏子涵外婆家的人,苏子涵的舅舅还是镇上数一数二的人物。店老板领会,叫工人去叫苏子涵的舅舅。

不一会儿，一个五大三粗，脖子上套着金项圈，留着板寸头，让人一看就会退避三舍的男子带着几个五大三粗的人出现在店铺门口，嘴里嚷道："竟敢偷我外甥女的钱包，所有人都不许动。"

店老板恭敬地站在苏子涵舅舅旁边，任由苏子涵的舅舅发号施令。店铺里一共有 12 个人，有些真正的顾客见状都被吓到了，能看出他们脸上的不自在。

其中一个年龄较大的妇女说："我们 6 个人是游客，从外地来的，我们是来旅游的，不信，我们可以把包翻给你们看。"说完，6 个人都把包翻了出来。明眼人一看就能看出，他们眼神和动作都是真实的。

苏子涵的舅舅的眼神继续扫射其他顾客，其中有一个年轻小伙，眼神飘忽，缩手缩脚。

苏子涵的舅舅一眼就看出他的破绽，说："你是来买什么的？"那年轻小伙，腿脚发抖，声音颤巍巍的，然后，两腿一发软，扑通跪倒，乞求道："请大哥恕罪，请大哥恕罪，我不知道是大哥的家人，我罪该万死，我罪该万死。"

苏子涵的舅舅什么事没见过，这是小偷的最后一招：一旦被发现，马上承认错误，并趁机逃跑。

苏子涵的舅舅叫一起来的人抓住他，那小伙子倒也识时务，马上从怀里掏出苏子涵的钱包递过来。

苏子涵立刻接过钱包,打开看,钱和证件都还在,不禁长舒了一口气。

苏子涵的舅舅示意旁边的人,那人立马领会了,把小伙子拉到僻静处,狠狠地教训了他一番。

苏子涵的舅舅口里撂话道:"竟敢在老子的地盘欺负我的家人,小兔崽子,你去打听打听,我林刚是什么人。"

那小偷被打得嗷嗷直叫,嘴里大喊着:"大哥,我不敢了,我再也不敢了,我不知好歹,我有眼不识泰山。"

苏子涵的舅舅吼道:"再给我打,一个小偷居然还伶牙俐齿。"

教训完小偷后,苏子涵和唐子臻跟店老板道了谢,便跟着舅舅去了外婆家。

以前唐子臻听说过舅舅是混事的,想不到舅舅这么威风,跟在舅舅的身后,有种狐假虎威的感觉。

来到外婆家,看到外婆,苏子涵委屈的泪水就流了下来。外婆忙说:"闺女,这是怎么了?谁欺负你们了?"

苏子涵的舅舅说:"一个小兔崽子偷了她的钱包,被我教训过了,放心,没人敢欺负她俩的。"

外婆这才安下心来,劝慰道:"乖,受惊了,外婆给你俩叫叫魂。"

于是,外婆来到院子里,反复轻叫着:"天灵灵,地灵灵,把我子涵魂归来。天灵灵,地灵灵,把我子涵魂归来……"

唐子臻听到很想笑,但是看到外婆那朝圣的表情,对着天空很认真地说着那些话,她又笑不出来。

从古平镇回去的路上,两个人坐在火车上,苏子涵拉着唐子臻的手说:"妹妹,想不到你这么勇敢,要不是你,我的钱包找不回来。"

"那有什么!小偷本身做贼心虚嘛,是他们害怕,我们为什么要害怕!"

苏子涵望着窗外,看着火车外流动的风景,心里想着,虽然我们是同一个母亲生的,但是,唐子臻有父亲,她却没有,她生性胆小怕事,也许这就是差距。

唐 文 彬

冬日清晨的第一缕阳光照进来,苏子涵慵懒地睡在床上,她抱着被子,静静地享受安静的时间。

隔壁房间已经传来唐子臻弹钢琴叮叮咚咚的声音了。

唐文彬的声音不时也穿透进来。

他对唐子臻大吼道:"这个曲子弹了一个礼拜了,还是如此生疏,马上就要演出了,你怎么能弹好?每天叫你练两个小时,你练到了吗?这次演出非常重要,下面坐着很多文艺界的前辈,你如果表演成功,我就让市里有名的徐向华做你的老师。一旦你做了徐向华的学生,就有希望考进音乐学院,他教的学生都考入世界著名高等音乐学院了。"

唐子臻也许是受到父亲的激励,弹得更起劲了,她相信自己一定能够坐在音乐学院的琴房里。

唐文彬是一个望女成凤的男人,这点很难得。很多有事业心的男人,重心并不放在家庭上,他们忙于应酬,忙于结交各种能帮助他们腾达的人物,唐文彬也不例外。但是,他有一点比较好就是,顾家,重视对孩子的教育。唐子臻是他一手教育出来的，现如今德智体美全方位发展，经常参加市里大大小小的演出。唐文彬培养了一个有胆识、自信、学习认真的女儿。

苏子涵还是有些嫉妒的，她嫉妒唐子臻有完整的父母，嫉妒唐子臻在唐文彬的教育下，越发优秀、自信。

这时，唐文彬的手机响了，是市大剧院打来的电话。本来定好的由市委宣传部主办的各界人士春节大联欢，被市公安局抢先了一步邀请市委领导参加，一旦市委领导参加市公安局的联欢，那他们市委宣传部的联欢会就会流失很多领导，他这个宣传部部长的工作就没做好。春节放假前那天晚上是最好的时间，往后推迟一天都会影响晚会效果。

唐文彬低头思索着。

林秀走过来问："发生了什么事？"

唐文彬一五一十地告诉了林秀，这是唐文彬尊重林秀的地方，愿意和爱人沟通，夫妻之间还有那么一些默契。

林秀想了想说："不如你们两个部门一起搞，皆大欢喜。"

本来林秀也是开玩笑地这么一说，唐文彬却觉得这倒是很好的对策，只不过这个要与市公安局局长商量，如果双方都愿意，这也没有什么不好，一来人多，效果好；二来，领导都在，还多了公安部门的人；三来就是他们家唐子臻要在这么多人面前露脸，也是一种锻炼。

"对,就这么办。"唐文彬喜上眉梢。

晚上,唐文彬先洗好澡睡在床上,林秀洗好澡,披着湿漉漉的头发进卧室,头发是烫过的中长发。林秀一直留中长发,从不留短发。

唐文彬看着林秀,想到她年轻时的样子。她嫁给他时,虽然已生下苏子涵,但一个漂亮的少妇比女孩子更多了一分韵味。现在人到中年,林秀一直保持着自己的个性,从不随波逐流,不亏待自己和生活。

林秀吹干头发,躺在床上。她看着唐文彬开玩笑地说:"这么老了,还能躺在一个床上睡觉,真是不容易。"

说完这句话,她自己都不禁大笑起来。

阅过春秋的林秀,反而活得越来越自在了,凡事都有了一种轻松的心态。

唐文彬看她,说:"今晚不仅要睡在一张床上,我还要'蹂躏'你。"

林秀深情地看着他。唐文彬依然年轻,而且比之前更成熟、更有魅力了。

唐文彬拉过林秀,那个熟悉的身体、熟悉的体味,虽然不再有新鲜感,但是就像一件用惯了的物品,方便,好用。

第二天,唐文彬来到办公室,马上打电话给市公安局局长,商量两个单位一起联欢的事宜。

市公安局局长并没有马上答应下来,说要研究一下。

唐文彬放下电话后,就觉得这个电话打得不妥,应该叫手下的人去打,这一通电话,让自己有点吃了闭门羹的感觉。

那一边,市公安局局长沈怀冰正在考虑唐文彬打电话来的用意,本来邀请的市委领导都安排好了,一对一的讲话内容、一对一的感情交流,现在半路杀出个程咬金,实在不好安排。

第二天,唐文彬就发了邀请函给沈怀冰,沈怀冰被唐文彬的这个举动搞得有点骑虎难下,本不想答应市委宣传部的,现在被当作客人一样被邀请。明显地,沈怀冰在气度上就输了唐文彬。

当天晚上下班回到家里,沈怀冰脸挂冰霜,他的爱人李翠敏已经准备好带去父母家的礼品。李翠敏看到沈怀冰的脸,气就不打一处来:"整天摆个脸,给谁看呀?你在外当官,回到家还想当官,没那么容易!一辈子家里家外,都是我在操劳,没有我,你能有今天吗?"李翠敏的父亲是原公安局局长。

有些人做人做成了两面脸,在外面对人都很客气,有礼貌;回到家,面对自己的家人,却没有一个笑脸。

这些话,李翠敏已经讲了十几年了。当年沈怀冰大学毕业被分到公安局,的确是在李翠敏父亲的提拔下才有了今天。李翠敏已经习惯了在他面前高高在上,一旦角色变换,她心里极度不平衡。

沈怀冰此时的心情更糟糕了,他的脑海里一直盘旋着:没有我,你能有今天吗?没有我,你能有今天吗?他压抑了很久的情绪终于爆发了。

沈怀冰气急败坏地说:"我知道,没有你,我没有今天,你家是我的恩人,我该对你俯首称臣。我已经几十年在你面前抬不起头了,你还要我怎么样?我要感恩你一世、二世,还是三世?你知不知道,我走到今天这一步,也不是你父亲一句话就能办到的。"

李翠敏看他开始反驳,更加生气了:"你可以啊,现在翅膀硬了,是不是?不认恩人了,开始会甩脸色了,你到外面甩,别对着我甩。"

这句句话语都像刀子刺向沈怀冰的胸膛,沈怀冰站起来,想扇李翠敏巴掌,手抬起来的时候,想到了李翠敏父亲对他说的话:"翠敏以后交给你了,你可不准欺负她。"

他打开门,摔门而去。

对于某些人来说,婚姻从来都是爱情的坟墓。

市委宣传部组织的春节联欢会正式开始了,林秀给唐子臻特意准备了礼服,头发是去"自然美"盘的。唐子臻穿上礼服,绾起头发,加上高挑的身材,立刻让人想到飘落凡间的仙子。唐文彬满意地看着女儿,这个女儿是自己亲手打造的,还会继续打造下去,让她成为优秀的钢琴家是唐文彬的最高目标。

林秀带着苏子涵、唐子臻坐在嘉宾区,唐文彬忙前忙后地招待市委领导,嘉宾陆陆续续到齐了。

外面北风呼啸,寒冷逼人;会场内张灯结彩,喜气洋洋,过年的气氛凸显。

唐文彬忙来忙去,跑前跑后,显得游刃有余,精明能干。爱运动的唐文彬把各方面都打理得井井有条,包括他自己,也没有大肚腩。林秀想着自己带着小孩还能遇到唐文彬这样一个优秀的男人,不知道是自己修了几世得来的福分。

嘉宾区坐着市委书记、市长,市委组织部正副部长,电视台台长,各大院校校长等。还有一个在唐文彬看来相当重要的人物,就是市里赫赫有名的钢琴家徐向华。

徐向华的邀请函是唐文彬亲自送去的。本来以唐文彬宣传部部长的身份请徐向华做唐子臻的老师,换作别人,是一定应允的。但是徐向华是个性格刚硬,不吃后门背景这一套的人,他的学生要他看中才可以。他带出的学生个个都考入了国内外著名音乐学院,他不仅是市里著名的钢琴家,名声和口碑还享誉全国。

唐文彬非常用心,他把徐向华的座位安排在唐子臻的旁边,给唐子臻创造一个和老师交流的机会。

男、女主持人已经走上台,漂亮的服饰闪亮了整个剧院。主持人在台上妙语连珠,唐文彬环视四周,看到市公安局局长的位置还是空的,很是诧异。

"难道沈怀冰这么不给我面子?"唐文彬心里想。

念头刚落地,就看到沈怀冰风尘仆仆地赶来,唐文彬立刻派人上去安排,坐定。待安排好这一切,看看四周,该来的都到了,唐文彬这才满意地坐下来观看节目。

唐子臻的钢琴曲排在第十个,唐子臻自信地缓缓走上台,虽然只有15岁,但是她沉着,冷静。在镁光灯的照射下,舞台上的唐子臻更加出众,浑身带着一种熠熠的光芒。

她伸出修长的手指,指尖在琴键上飞舞,时而急促,时而短慢,时而激烈,时而柔软,跳跃的手指、欢快的节奏,身体随着韵律前后摆动。

钢琴曲《辉煌的大圆舞曲》点燃了整场晚会的高潮,空气中也有了音乐的味道。这首曲子,是唐文彬精心挑选的,他就是要子臻在所有人面前表现出她优雅、美丽的一面,也要让徐向华老师看到唐子臻的钢琴功底。

唐文彬坐在了徐向华的旁边,特别向徐向华介绍了自己的女儿。

演出非常成功,台下掌声雷动,唐子臻礼貌地鞠躬。

唐子臻下台后,徐向华问她:"学钢琴多少年了?"

唐文彬替唐子臻回答:"5岁开始学起,已经10年了。子臻一直对徐老师您敬慕已久,知道您桃李满天下,希望能做您的弟子,得到您的栽培。这也是我们全家最大的希望。"此时的唐文彬把积蓄了很久的心里话一蹦而出,这些话都不知在心里酝酿了多久,说出来后,整个身心都释然了。

徐向华迟疑了一下,娓娓地说:"子臻的钢琴功底不错,手指力度也有,只是神韵还是欠缺些,不过,这个和人生阅历有关,可慢慢培养。你让子臻做我的弟子,我只怕没有这么多的精力帮助她圆梦。我带的学生现在逐年减少,不太想带很多。也是希望能够对自己的学生负责。"

唐文彬紧追不舍,继续侃侃而谈:"知道徐老师您带出的学生个个是精品,就凭着您这份负责任的态度,我们子臻更是要拜您门下。恳请您收下子臻,我们有情后补。"

徐向华微微一笑,看得出唐文彬对女儿的这份用心,从唐子臻身上也能看出弹钢琴人的优良素养。

"子臻对音乐的领悟力极其高,非常有天赋,我们子臻希望做个千里马,能够被徐老师您这个伯乐看上。"唐文彬继续补充说,生怕漏下已准备好的台词。

"我如果收下子臻做学生,那她是要吃苦的。我的学生必须按照我的要求来完成弹琴的曲目,必须要有耐力,子臻能吃得下这份苦吗?"徐向华说。

唐子臻斩钉截铁地说:"我可以的,我愿意为钢琴付出。"

徐向华看到了唐子臻笃定的眼神,说:"那好吧,我收下你这个女弟子了。"

唐文彬兴奋得不知道说什么好,拉住徐向华的手,不停地说:"感谢徐老师,感谢徐老师!"

唐文彬仿佛看到唐子臻大好的前程就在不远的前方,眼神里满是欣喜。

晚会结束,唐文彬一家回到家里。

林秀问唐文彬:"你真的打算让徐向华做子臻的老师?他一节课收费昂贵,我们家能承受得起吗?"

"那还能假吗?这个机会是多少人求之不得的,他也是看到我们子臻是弹钢琴的这块料,才考虑收她。你知道我精心打造这场晚会费了多大的劲儿,一关接一关,一环扣一环,哪一环扣不住,今天唐子臻就成不了徐向华的学生。至于费用嘛,这个你就不要操心了。学艺术都是拿钱砸,不花钱上著名音乐学院,想都别想。"

唐文彬和林秀还在热烈讨论,苏子涵看跟自己无关,闷闷不乐地回房间了。

"子臻是非常有音乐天分的,我才要培养她。林秀,子臻还是遗传了你的音乐细胞,如果子臻以后能够做音乐这一行,也是女承母业了。"唐文彬说。

他们家是一套四居室的大房子,唐文彬由普通干事做到宣传部部长,房子越换越大。现在的这套大房子足有180平方米,一家人搬进来的时候,感到心也开阔了,气也平顺了。

尤其是林秀,做官太太这么多年,越做感觉越好,越来越自信。有两个貌美如花的女儿,又搬进了大房子,跟苏子涵爸爸刚去世时相比,简直是从地狱进了天堂。林秀不禁在心中感叹,命运几多波折,现如今看,老天也在慢慢偿还自己。

苏子涵在关上门的时候,才感觉这个世界是属于自己的。继父,毕竟不是自己的亲生父亲,那是唐子臻的父亲,唐子臻,我如此嫉妒她,为什么她有完整的家庭,而我没有父亲……

她在心里呐喊,她在心里挣扎:爸爸,爸爸,要是你在,那该多好,今天在舞台上的就是我了。

苏子涵流下了悲伤的泪水。

遇见爱情

临近春节,街道上人潮熙攘,海风吹起落叶,也吹起苏子涵大衣的衣角,她望着这个熟悉而又陌生的城市,立刻有一种风萧萧兮易水寒的孤冷。

她和好朋友约好,在海边的咖啡馆喝咖啡,然后去逛街。

苏子涵穿了一件灰色的羊绒大衣,围了一条酱紫色的围巾,脚上穿了双黑色皮靴。她的眼神迷蒙,像一个不食人间烟火的仙子。她不同于唐子臻,唐子臻的身上充满了阳光,仿佛看不到任何一点阴影。苏子涵却是天生敏感,她飘逸,浪漫。

她找到约好的地点,沿海路的"依枫"咖啡馆。这座咖啡馆就坐落在离海边不远的地方,街灯影影绰绰,绿化带上的灯光星星点点,街道像铺了一地的绿地毯。今年,南方的冬天也非常冷。

苏子涵来到"依枫",环顾四周,看到她的好朋友和一位男士坐在一起。

苏子涵的好朋友漫妮向她介绍说:"高山峰,刚从英国留学回来,继承家族企业。"

那男生看到了苏子涵,礼貌地起来握手,自我介绍。

"你好,我叫高山峰,很高兴认识你。"

苏子涵有点紧张地伸出手,说:"我叫苏子涵,很高兴认识你。"

"高山峰是我的客户,优质客户,苏子涵,我今天倾囊相授,把我最优质的客户介绍给你认识,你可要好好把握啊。"漫妮斜着眼睛对苏子涵说。

"漫妮,你没告诉我今天要介绍男生给我,我以为就我们俩约会。"

"两个女生有什么好约会的,我忙着呢,还要去见其他客户,高山峰是我见过最帅的男生,我有男朋友了,否则一定私藏。"漫妮说完哈哈大笑地走了。

两个人在靠海边的一面窗户坐下,彼此正面相对,距离很近,桌上有一盏很漂亮的台灯,灯光昏黄地打在苏子涵的脸上。高山峰眼睛明亮,目光炯炯有神。看到苏子涵的时候,觉得这个女生气质不凡,他一眼就喜欢上了她的气质,这个女生是他要找的。两人直视的时候,苏子涵垂下了眼眸,脸上泛起红晕,一抹羞涩立刻在苏子涵脸上荡漾开来。

"你在漫妮那买的保险?"苏子涵问高山峰。

"是的,不然也不会认识她,她口才奇好。"

"是的,她天生是吃保险这行饭的,在学校的时候,她性格就是这样开朗,爱说话。"

"有些人真的注定和一份职业有缘。"

这个男生的声音很好听,带着磁性。声音是个很奇怪的东西。看一个人就像看电影,所有的故事内容都必须是有声音的,慢慢铺就开来,它才会展示得更全面。

现在的苏子涵在高山峰眼里是陌生的,他认真地注视着她,"依枫"咖啡馆里人来人往,但是,现实中的两个人却早已忽略了其他人的存在,都在细细地打量着彼此,感受着彼此。

"你是做什么工作的?"苏子涵抬头看高山峰,他细长的眼睛,单眼皮,高挺的鼻梁,脸型轮廓清晰。

"我刚从国外回来,在自己家的企业里帮母亲做事。"他看她脸色白如玉,下巴尖尖,带着小资的味道,像是从张爱玲小说里走出来的人物,知性又洋气。

"你一定是张爱玲笔下的人物。"高山峰不禁称赞道。

"张爱玲笔下的女性人物都是什么特性?"苏子涵反问他。

"小资,讲究生活品位。"

"我其实不喜欢看张爱玲的小说,我觉得她的小说就像一个上了年纪的老人,啰啰唆唆,描述好半天,才回到正题,就像硬凑字似的。"

高山峰笑道："可是，她的小说代表了那个时代，她详细描述的正是那个时代所需要的。"

"也许吧，她要凑很多字，才能养活自己。"

"是啊，要生存，有些时候是没有办法的。"

外面潮起潮落，咖啡馆内飘满了咖啡的香味，在这样温馨的情景里，两个人的第一面都给彼此留下了最浪漫的幻想。

高山峰，英国圣安德鲁斯大学海洋生物学专业毕业，生得俊朗，一口流利的英文，爱运动，为人开朗。苏子涵见到高山峰的第一面，就觉得他家世甚好，生在富贵人家，气度不凡。

高山峰的母亲黄韵云在他高中时期就把他送到英国读书，高山峰在国外读书期间，练就了独立、上进、好强的性格。

初到英国的高山峰，举目无亲，小小年纪的他寄宿在苏格兰一户人家。苏格兰的优雅、静谧、有序，让少年时期的高山峰觉得新鲜和期待。在那个少年不识愁滋味的年龄他很快就融入这户人家。和这户人家的孩子一起上学，一起吃饭，一起学习，英语在不知不觉中突飞猛进。

周末的时候，他们飞奔在苏格兰的乡间小镇，去著名的圣安德鲁斯大学教堂礼拜，穿行于大学的古建筑中。当时，高山峰就有志向，要考上这所著名的高等学府。

伴着苏格兰的风笛,高山峰快乐地成长。母亲黄韵云定期会寄钱过来。高山峰把母亲寄的钱都存了起来,他边打工,边学习,直至顺利地考上圣安德鲁斯大学。

当黄韵云得知高山峰考上圣安德鲁斯大学后,她的泪水顺着沧桑的脸颊流了出来。儿子终于考上名校,这是她几十年来最大的心愿。回忆开始像浪潮一样涌上脑海,想着过去日子的艰难,如今终于有了最好的回报。几十年来商海的打拼和沉浮,她就是想让高山峰能有更好的明天。过去的恋情,那份无缘的婚姻结局,都让她不堪回首。

回忆篇

林秀·苏不凡·黄韵云

江南小镇上,烟波浩渺,粉墙黛瓦,黄韵云和最好的姐妹林秀每天一起上学,放学。那些湿漉漉的雨季滋养得两位少女越来越眉清目秀。

林秀能歌善舞,但是心高气傲,像一只天鹅每天都抬着高昂的头。围绕在林秀身边的男生都把她捧在掌心。

黄韵云的家离林秀家不远,黄韵云性格温柔,两个人年龄相仿,又同在一所镇上的学校上学,自然成了最要好的姐妹。

她们的同班男同学苏不凡,是个成绩很好,长相和思想都很正气的优秀男生。当时,面临中学毕业,大家都在努力学习,以求能考上大学,将来能够谋得一个好工作,走出小镇,走进大城市。

林秀和黄韵云都喜欢苏不凡,但两人谁也没有表达出来,只是喜欢谈论班里的男生。那个年代,对于爱情大家都羞于启齿,只是把爱放在心里。林秀倒是能够感觉到苏不凡看自己的眼神,她确定苏不凡也是喜欢自己的。她衡量了一下自己和苏不凡的条件。苏不凡父亲是镇长,家庭条件在镇上首屈一指,长相也是自己喜欢的那种类型。再看看自己的条件,能歌善舞,长得漂亮大方(林秀对自己的样貌一向有自信),这就是郎才女貌。这样想,林秀在心里已经喜不自禁了。

那年夏天,林秀和黄韵云走在回家的路上,天忽然下起了倾盆大雨,两人都没有带伞,便拼命地往家里跑。小路旁边就是小河沟,江南雨水多,路两边长满了青苔。林秀一个踉跄,滑进了小沟渠。林秀又慌又乱,黄韵云更是被惊得大喊:"来人啊,救命啊……"路上刚放学的同学都停下了脚步。这时,一个男生跳到沟里,把林秀拉了上来。这个男生正是苏不凡,林秀又羞又喜,羞的是自己已经像个泥人一样,狼狈不堪,喜的是,救自己的这个人不是别人,正是自己喜欢的苏不凡。苏不凡拉她上来的时候,两只手握在了一起,这是林秀第一次和男生握手。这个男生的手大而温暖,骨节硬而有力。

两个人都已经是落汤鸡了,脸上、身上都是泥水。黄韵云看到这一幕,既羡慕又嫉妒,心里想着,掉下去的要是她,那该多好。

三个人你看看我,我看看你,都笑了。

从这以后,林秀和苏不凡之间就有了默契,两个人在班级里常常会用眼神传递内心的悸动。

有一次,班级期中考试,因为苏不凡的成绩是班里拔尖的,考试的时候,苏不凡把试卷答案抄在纸条上偷偷给了林秀,林秀抄完答案后又把纸条给了黄韵云。

成绩下来了,第一名苏不凡,第二名林秀,第三名黄韵云,这个结果是林秀和黄韵云没有想到的,这种成绩要在全校公布,上榜,发奖品。林秀和黄韵云平时成绩中等,不可能挤进前三名,这次全是因为苏不凡,才有了这样的成绩。可是,两个人看到成绩公布后,内心充满了愧疚。这个成绩不是通过自己的努力得来的,没有努力的成果就变成了罪恶。

林秀的班主任在公布这次考试成绩时,说:"对于这次考试,林秀和黄韵云的成绩提高得非常快,希望两位以后能够保持下去。"然后用狐疑的眼神看了看她俩。林秀和黄韵云面面相觑,羞愧不已。

学校期中报告大会开始。

露天的四合大院内,每个班的学生都整整齐齐地坐在板凳上,下午的阳光不再炙热,学校大喇叭循环播放着《东方红》主题曲:

东方红

太阳升

中国出了个毛泽东

他为人民谋幸福

呼儿嗨哟

……

此时,林秀和黄韵云低头坐着,她们知道,期中报告大会最后一项是颁奖典礼,她们会领到一支崭新的笔。可是此刻,两人却没有半点兴奋之情。苏不凡却是淡定自若地坐着,他身上永远有一种王者的气魄。

大会最后一项是颁奖仪式,两人从校长手里接过钢笔,校长让她们继续加油,这句话让林秀和黄韵云的心里瞬间温暖起来了。

放学回到家,邻居遇到林秀说:"哟,林家姑娘真厉害,考了个第二名,以后肯定能找个好工作。"镇上的人都以找到一个好工作为荣。林秀脸红红的不说话。

这次风波之后,林秀和黄韵云更加努力了。

临近毕业考试,林秀和苏不凡恋爱了,那几天林秀兴奋得睡不着觉,心里总是想着苏不凡,苏不凡的笑,苏不凡的聪慧,苏不凡的优秀,每天被苏不凡搞得也没心思看书了。而苏不凡成绩依然好,状态一直很稳定。

高考结束后,林秀一身轻松,心里天天想着苏不凡,暑假可以和苏不凡好好在一起玩了。

两人一放假便开始约会,林秀经常把黄韵云带着,三个人其实就是在镇上到处转转,聊聊同学,聊聊前途。每当苏不凡讲到对政治、对未来的看法时,他滔滔不绝的表达能力,出口成章的文学功底,都让林秀和黄韵云听得如痴如醉。

可是,林秀发现一个细节,每当她有什么不同的意见时,苏不凡总是反对她的话,说她讲得不对。她起初也没在意,时间久了,觉得苏不凡还是有些骄傲,自命不凡的。

那天,苏不凡邀请林秀去他家吃饭。林秀精心打扮了一番,走在去苏不凡家的路上,一路哼着歌,心里倒还是有些紧张,毕竟不仅仅是去苏不凡家,还是去镇长家。镇长的地位在小镇人的心里是神圣不可侵犯的。

林秀敲门,是苏不凡的母亲开的门,苏不凡的母亲微笑着欢迎林秀进门。镇长家大门又高又大,沿着铺着的碎石子路来到主堂屋,两边是厢房,院落里有鱼池,养了一些金鱼和假山,还有一条狗,摇着尾巴汪汪叫了两声,算是欢迎有客到来。苏不凡的母亲叫林秀不要怕,那是欢儿在欢迎客人的到来。

进入堂屋,堂屋大而宽敞,门厅摆放着太师椅和方桌,案几上摆放着祖先的牌位,墙壁上挂着字画,整个堂屋整洁又大气。林秀心里嘀咕着,这房屋设计是比她家讲究,不愧是镇长家。

苏不凡有两个姐姐,一个妹妹,就他一个男生。他的姐妹们此刻都从厢房里出来招呼她,客气中保持着距离。林秀能感受到苏不凡的姐妹们骨子里的那种高贵。倒是苏不凡的母亲,显得和气又慈祥,不停地向林秀介绍家里的人员。据苏不凡的母亲介绍,苏家祖上出过高官,所以家教还是很严格的。不管老幼妇孺,进门都是客,必礼仪相待。

这时,苏不凡从里屋出来,姐妹们和母亲都迎上去。

母亲见他穿得少,给他披上一件衣裳。苏不凡却执拗地把衣服拿开,放在一边。

吃饭的时间到了,苏不凡的父亲回来了,苏不凡和他的姐妹们都在说着:"父亲回来了。"苏不凡的母亲说着:"镇长回来了。"

林秀尴尬又有点害怕,也喏喏地喊了一声:"镇长好。"

吃饭的时候,苏不凡的母亲不停地招呼林秀多吃菜,苏不凡的姐妹们也随即应着,苏不凡却是自顾自旁若无人地吃着。

整顿饭吃下来,林秀看出来了这个家有着明显的男尊女卑的格局。

林秀回到家,内心有点忐忑不安,林秀是家里的长女,帮母亲照顾妹妹,养成了她说一不二的性格,她的内心其实是有点吃软不吃硬的。想着苏不凡的骄傲,苏不凡的优秀,苏不凡的家庭情况,让她去卑躬屈膝的做人,她实在是做不来的。她的内心开始有些犹豫了。

苏不凡是喜欢林秀的,喜欢林秀的纯真,喜欢她大大咧咧的性格。

镇上的男孩女孩很早就要定亲,有的一毕业就结婚了,所以林秀去苏不凡家吃饭的消息让整个镇的人都沸腾了,大家都以为林家大丫头和镇长家儿子定亲了。

林秀的父母还是听邻居说的。

林秀的父母亲问她的时候,林秀死活不承认,只说了是同学,好朋友。林秀觉得这种事谁都不知道以后会怎么样,潜意识里还是不想让太多人知道。倒是林秀的父母亲觉得这是好事,能找到镇长家,是林家攀高枝了。现在出门在路上,明显大家对他们都尊敬三分,林秀的父母感觉很有面子。

林秀邻居家的阿真也喜欢林秀,听到说林秀和苏不凡走得很近,心里很不是滋味。当天下午阿真看到林秀往田里去看庄稼,便急匆匆地推着自行车追了过去。

"林秀,你去田里看庄稼吗?这么巧,我也去,我带你去吧。"阿真说。

"不用了,我自己走过去就成。"

"你坐上来吧,你要走过去,这大热天的,还得半小时呢。"

林秀想想也是，阿真又是邻居，也不是外人，就坐上了阿真的自行车。

阿真很早就不上学了，在家里帮忙务农，做点小生意。

阿真问林秀："毕业考试考得怎么样？"

"哎……不怎么样。"

"那苏不凡考得咋样？"

"他一直成绩好，一定不错吧，他的状态一直很稳定。"

"听说你和苏不凡……"

还没等阿真说完，林秀就说："我们只是好朋友。"

到了田地，阿真把林秀放下来，自行车也放在一边，说要帮林秀整理庄稼。

林秀和阿真其实很熟，从穿开裆裤就认识，那个整天拖着两行鼻涕的小男孩，现在长成了一个莽夫，头脑简单，四肢发达。在林秀眼里阿真就是个窝窝囊囊的人，林秀从不正眼瞧他，也瞧不上他妈，那个天天说三道四的，没有文化的乡下农妇，大字不识一个，还整天自以为是。

"把我送过来就行了，你干吗还留在这？无事献殷勤。"林秀说。

"瞧你这话说的，我献殷勤又不是一天两天了，你都不理我。"

林秀瞅他一眼,看着他笑。

"你不就是喜欢苏家那小子吗?嫌我穷,没文化。"

"阿真,闭嘴,不要胡说。"

炙热的太阳把林秀白皙的皮肤晒得通红,她穿着一件印小碎花的的确良衬衫,风吹起来的时候,她高耸的乳房在衬衫下若隐若现,头上有渗出的细小汗珠。阿真看着林秀,眼睛随着她的身体晃来晃去。

空旷的玉米地里,静悄悄的,能听到蟋蟀在叫。

阿真一把抱住林秀,在林秀脸上一阵乱亲,不停地说着:"林秀,我喜欢你,林秀,我喜欢你,你不可以是别人的,你不可以是别人的……"

林秀挣扎着说:"放开我,阿真,你疯了,放开我……"

阿真说:"我不放手,林秀,你是我的。"

阿真越搂越紧,伸手去解林秀的衣扣。

林秀想挣脱,大声地叫着:"阿真,你不要这样,我要叫了。"

阿真去吻林秀的脖颈,用嘴猛烈地吮吸。

林秀拼命地想挣脱,胳膊使劲乱舞着,健壮的阿真死死地压住她。

林秀死命地喊着:"不要啊,救命啊……"

广阔的玉米地里回荡着她的叫声。

林秀已经被阿真这突如其来的举动吓蒙了,同时阿真的疯狂也是林秀第一次看到,她几乎没有反抗的能力了,软下来,任阿真解开她的衣扣和裤子,在她身上乱摸,乱亲。

林秀已无力反抗,也不想反抗了,她就像一只羔羊,任阿真宰割。

她闭上眼睛,流着眼泪。

林秀哭着喊道:"为什么要这样对我,为什么要这样对我,你让我以后怎么做人,我恨你,我恨你。"

阿真无动于衷。

林秀穿好衣服,看都没看阿真一眼,擦了擦眼泪,起身要走。阿真拉住她的手,林秀甩开,阿真再拉,林秀再甩。

林秀回到家,不幸的事又来了,父母告诉她,她没有考上任何一所学校。这对于她刚刚经历过人生的一场大灾难来说,又多了一重打击。

深夜,林秀躺在床上,回想这一天的经历,欲哭无泪。她怔怔地望着斑驳的屋顶,从昨天到今天,恍如隔世,人生怎么会有这么多糟糕的事情让自己碰到,我该怎么面对社会,面对家人,面对苏不凡。她默默地念着苏不凡的名字,他一直都是高高在上的,她以前配不上他,现在就更配不上他了。

就这样想着,想着,听到外面的公鸡都开始打鸣了,林秀才恍恍惚惚地睡着了。

天已经大亮,林秀的父母早已起床,家里的兄弟姐妹也陆续起来了。

林秀起来,梳洗完,像往常一样吃早饭,和家里人说话。家里人看她严肃的表情,都觉得她没有考上学校,很不开心,所以大家也没有多说话。

吃完早饭,林秀便说要出去找黄韵云,然后对父母说:"女儿不再完美,又没考上学,希望父母能够原谅做女儿的不孝。"

林秀的父母看着她说些莫名其妙的话,责备地说道:"没有考上大学,就这么沮丧,难不成你还学人家自杀不成?"林秀的父母没有读过多少书,不太会说话,其实也是在劝女儿不要想不开。

林秀走出家门,回望了一下自己的家,眼泪哗哗地流下来,心里默念道:"永别了,我的家,我的家人。"

苏不凡考上了中国政法大学,这在镇长的意料之内,但是,即使在苏家掌控范围内,对于苏家来说,也是天大的喜事。

苏不凡想把这个好消息立马告诉林秀,他带着兴奋之情,飞快地跑到林秀家。林秀的父母亲告诉他,林秀出去了。苏不凡便去镇上找。

很快地,苏不凡在拱桥上看到了林秀。林秀神情忧郁,望着远方。这条河叫青惮河,是这个镇的母亲河,穿镇而过。关于青惮河有一个传说,有一位僧人在河边为了救一位落水的小孩而牺牲,僧人法号青惮,后人为了纪念他,把这条河叫作青惮河。

苏不凡远远望着林秀,看到林秀准备爬上拱桥,苏不凡马上意识到事情不妙,林秀要跳河自杀。于是苏不凡大喊道:"林秀,不要,不要,林秀。"

林秀转头看到苏不凡,说:"你不要过来,你不要过来。"

苏不凡边说话边往林秀这边跑:"林秀,你有什么事想不开,你都还没告诉我,你为什么要跳河?"苏不凡气愤地大吼。

林秀泪如雨下:"一切都变了,一切都变了,我已经不再是以前的林秀了。"

苏不凡已经离林秀很近了,林秀看苏不凡快接近自己,腾地跳了下去。

苏不凡想都没想,紧跟着跳了下去。不识水性的林秀在河里乱扑腾,那一刻,她头脑一下清醒了,脑海中产生了求生的欲望。苏不凡会游泳,他迅速游到林秀身边,抱起林秀,艰难地划行。幸好青惮河不宽,很快,苏不凡抱着林秀,爬上了岸。

林秀因为呛了太多水,不停地咳嗽,苏不凡累倒在地上。

林秀又想起自己的经历,开始埋怨道:"你为什么要救我,我什么都没有了。"

苏不凡望着天,无力地说:"你这么年轻,为什么什么都没有了?"

林秀,带着哀伤说道:"你不懂,你永远都不懂。"

说完,就边哭边往家里跑。

苏不凡快速起身,大喊道:"你不可以再做傻事,我会帮你的。"

苏不凡不知道林秀发生了什么事,此后,林秀再也没有找过他,他几次去找林秀,林秀都不愿意再见他。听黄韵云说,林秀没有考上大学,苏不凡以为那次林秀自杀就是为了这个事,心里觉得林秀好傻。

黄韵云心里暗暗喜欢苏不凡,知道林秀与苏不凡绝交,甚是高兴,她便三天两头去找苏不凡。因为黄韵云是林秀的好朋友,苏不凡看到她,总觉得在她身上能看到林秀的影子,很愿意和她在一起,想间接打听林秀的消息。黄韵云和苏不凡的关系越来越近,两人成了无话不谈的好朋友。可是,苏不凡心里还是爱着林秀的,他在黄韵云面前不便说,他也看得出来,黄韵云喜欢自己。但是,他对黄韵云的感觉不是爱情,他只是在黄韵云身上寻找林秀的影子。

有一次,林秀迎面撞上苏不凡和黄韵云在一起。黄韵云羞红了脸,林秀把头低着,苏不凡怔怔地看着她,内心五味杂陈。三个人都没有说话。

林秀回到家后,对黄韵云充满了恨意。原来,黄韵云趁她落魄时,居然和苏不凡在一起,还算什么好姐妹。

苏不凡家里为了庆祝苏不凡考上重点大学,晚上举行了庆祝活动,他们个个喜笑颜开,镇长就这一个宝贝儿子,还这么有出息,家里人都为苏不凡感到骄傲。

家宴上,镇长拿出镇家之酒,让苏不凡也喝两杯。

镇长说:"儿子,从今往后,你就是大人了,走出家门,你就可以撑起你自己的天,凡事都要靠自己的努力,爹相信,你以后一定是国家栋梁之材。"

苏不凡很感激他的父亲,一向严厉的父亲其实一直都在默默关注着自己,自己的成长离不开父亲的指导。

说着,说着,苏不凡三杯酒下肚。第一次喝酒,居然感觉不错,全家人看到苏不凡喝酒,都夸苏不凡是大气之人,酒量不错。全家人高兴地开始互敬。

一圈下来,苏不凡有些不胜酒力了,话渐渐多起来,感觉人也飘飘然了,母亲关心地问苏不凡:"儿子,没事吧?"

苏不凡笑着摇摇头:"没事,没事,爹今天高兴,我陪他多喝两盅。"

母亲看到苏不凡这个样子,感觉他有点醉了,便让他不要再喝了。

家宴在全家人的欢天喜地中结束。

苏不凡感觉一切近乎完美,可是此刻的心中还是有点空落,他想把这一切都跟林秀分享,让林秀看到他的开心,他的优秀。而恰恰越是这样,林秀在他面前,越觉得自己卑微。

苏不凡告诉母亲,他要出去走走。母亲问他:"你可以吗?要不要叫人陪你出去散散步?"

苏不凡晃了晃,摆摆手道:"我可以的。"

家里的女人们开始收拾饭桌。

走出家门没多久,苏不凡就看到黄韵云,此时的苏不凡感到有点头重脚轻,酒精的后劲开始发作。黄韵云走近苏不凡,闻到苏不凡身上的酒味,不禁诧异地问:"你喝酒了?你怎么也喝起酒来了?"

"家宴,父亲让喝的。"

"噢……为了庆祝公子中榜,理解,理解,这真是值得恭喜。"

苏不凡问她:"你怎么走到这里来?"

黄韵云打开一个包,告诉苏不凡:"送给你的礼物。"

苏不凡感激地望着她,说:"你太客气了,你们都这样宠我,我会变坏的。"

黄韵云说:"变坏了,我也喜欢。"

苏不凡哈哈大笑。

苏不凡的身体有点东倒西歪,黄韵云扶住他,不停地说:"你喝醉了,你这样走不行的,你倒了,我可扶不住你。"

"这样吧,正好我父母去外婆家了,你到我家去休息一下,我给你沏杯茶,喝点茶,酒就醒了。"

苏不凡此时感觉已经是云里雾里了,黄韵云扶他,往哪走,他已经不太清楚了。

到了黄韵云家里,苏不凡好像看到有一张床,他要立刻躺下来。黄韵云让他躺在自己床上,把他的鞋子脱掉,盖上被子,起身要走。

苏不凡拉住她的手,轻吟道:"不要离开我,不要离开我。"

黄韵云说:"没有离开你,没有离开你。"

苏不凡紧紧拽住她,把她往怀里抱,黄韵云起初有点想避开,可是,苏不凡的怀抱不是自己朝思暮想的吗?她顺势倒入了苏不凡的怀抱。苏不凡开始吻她,他一身的酒味,夹杂着汗味,这些都是苏不凡身上的,只要是苏不凡身上的味道,黄韵云都喜欢。

苏不凡开始往下吻黄韵云,解开她的纽扣,黄韵云极力配合他,不久,两人赤裸相对。苏不凡昏沉沉的,他感觉面前的人就是林秀,他好久没见到林秀,现在好想她。他紧贴着黄韵云的身体,抚摸着她光滑的皮肤。黄韵云第一次接触男人,这个男人是她最喜欢的,所以,她愿意这一切的发生,包括贞操。

苏不凡呻吟着,口里呢喃着:"林秀,你不要做傻事,你不要离开我,不要离开我。"

黄韵云听到了从苏不凡口中说出的话,傻傻地愣了半天,心想:他把我当成了林秀,我算什么? 我只是个替代品。天哪! 他怎么可以这样对我?

一瞬间,所有的甜蜜对黄韵云来说都是一种污辱,再看身边的苏不凡,他赤裸地睡在自己身边,这么近的接触,现在却觉得他们之间隔着一座山。黄韵云开始厌恶起这种感受,觉得自己可悲至极,她怎么可以任一个男人随意糟蹋自己,却还做了别人替身。

黄韵云委屈地哭了,苏不凡却呼呼大睡。

黄韵云一觉醒来,急忙看旁边的苏不凡,已经10点了,她整理好自己的情绪,穿好衣服,叫醒苏不凡:"不凡,不凡,10点了,你要回家了。"

苏不凡酒也醒了一半,看着面前的黄韵云,努力回忆着刚刚发生的一切,羞愧至极。他占有了黄韵云的身体,今晚自己怎么就这样冲动,随便占有一个女孩子。苏不凡红着脸,小声地说了一声:"对不起,我今晚酒喝醉了。"

黄韵云知道苏不凡最爱的是林秀,便不再多说,说再多都无济于事,只说了一句:"你回家吧,你的家人估计都在找你。"

苏不凡走后,黄韵云才有时间回想今晚发生的这一切,他觉得自己很傻,伤心地哭了起来。

这件事发生过之后,苏不凡再也没有和黄韵云在一起过。这个在苏不凡看来是对黄韵云永远的亏欠。

林秀的人生其实并没有跌入谷底,市文工团培训基地到镇上招考学员,林秀报名,凭着自身的天资她被顺利录取。林秀背起行囊走的那天,回头望着这个熟悉的古平镇,她再也不想回来了。

黄韵云考上市里一所大专学校,也离开了古平镇。

苏不凡去北京之前,最终还是去找了林秀,林秀在家,却不愿意和苏不凡深聊。苏不凡无奈地看着她,心里有太多的疑惑和不解,他疑惑的是,林秀难道说不爱自己就不爱自己了吗?不解的是,他哪里做得不好?看着林秀的冰冷的脸庞,苏不凡那颗骄傲的心也并没让他停留太久,临走时,他对林秀说:"你多保重。"

林秀看着苏不凡离开的背影,心里满是不舍和留恋,她何尝不想对他畅所欲言,何尝不想去祝福他的将来,甚至和他共赴将来。只是一切都改变了,她自卑,她已经不是苏不凡的林秀,他聪明,优秀,她觉得自己配不上苏不凡了。

林秀进入市文工团培训基地，忘记那些不愉快的往事，她一直勤学苦练，练形体、练声乐、练乐器……她心里一直都告诉自己，一定要好好跳，好好唱，绝不再回古平镇。经过三年的努力，林秀顺利地被分到市文工团，有了正式的国家编制，成了真正的城市人。

苏不凡进入中国政法大学学习，在北京，他见识了古平镇以外的世界，四年后，他以优异的成绩从中国政法大学毕业。当时有留京指标，他没有选择留下来，还是选择回家，回到了离古平镇很近的那座城市。原因不仅仅是离家近，更多的是他知道林秀就在这个城市里。

他依然忘不了林秀。

苏不凡回来后，打听到林秀所在的文工团，就去找她。当时林秀正从开水房打水出来，迎面看到苏不凡从楼下上来，当四目相对时，时间就好像定格在了当年他们认识的那一刻。

林秀不自觉地喊了一声："苏不凡。"

苏不凡回应道："好久不见。"

林秀的表情从惊讶转为惊喜，开始有点手足无措起来，一下喊苏不凡到房间来，一下又叫苏不凡在外面等等。苏不凡看到林秀可爱的样子，脸上终于绽开了笑容。四年里，他没有停止过对林秀的思念，他每次回家都从同学处打听林秀的近况,苏不凡想,今生一定是欠林秀的,经过那么长的时间和那么多的事,他心里却越来越放不下最初的爱恋。

那次他喝醉酒把黄韵云当成林秀,做出荒唐的事,他一直无法原谅自己。事后,他要弥补黄韵云,黄韵云却再也不愿意见他。最后还是从同学处得知黄韵云也在这座城市里,毕业后被分到一个国有企业上班。

经过这么多年,林秀也开始懂得放下,她要忘记过去重新开始。今天的林秀放下了自卑,站在苏不凡面前,她又可以做回当初那个无忧无虑的姑娘。

黄韵云不是没想过要找苏不凡算账,话说回来,也是她自己心甘情愿地做了苏不凡的第一个女人,即使算在苏不凡头上,弄得满城风雨,苏不凡还是不爱她的,黄韵云是个聪明的女孩,她不想把包袱裹在身上,让彼此痛苦不堪。但是她心里还是期待着,有一天苏不凡会回心转意,真正爱上她,来找她。

黄韵云等到最后的结果是,苏不凡和林秀要结婚了,这是她始料不及的,她才是苏不凡的第一个女人,而且她后来听到传言说林秀被人强奸过,她怎么能配得上苏不凡呢?那几天,黄韵云都魂不守舍的,这么多年了,她也一直没想过谈恋爱,她在等苏不凡,这个结果让她情何以堪。

林秀和苏不凡商量,她不想回古平镇办婚礼,就想在市里请几桌算了,想简单点。苏不凡是不同意的,他是古平镇镇长的儿子,镇长的儿子结婚对于古平镇来说是一件天大的事,虽然父亲也快退休了,但是,结婚对于苏不凡来说是人生最重要的,他要风风光光地把林秀娶进门,他要让古平镇的人都感受到他的快乐和幸福。苏不凡的想法正是林秀最害怕的地方,她怕回到古平镇,她被邻居阿真强暴的阴影一直还在。这几年,她也没回去过几次,她恨极了阿真,每晚她都做着同样的噩梦。她本想通过法律手段来告他,可是她又怕,她怕古平镇人异样的眼光。时间是一剂良药,这段痛苦不堪的经历渐渐被抹平,她再也不想回去面对古平镇的人。

可是苏不凡不知道林秀不想回去大办婚宴的原因,林秀只告诉他:"想着镇上结个婚要宴请三天流水席,杀猪宰羊的,她就害怕。"

苏不凡说:"那才叫结婚啊,城市里结个婚,亲戚朋友有的都不知道,有的请客吃饭,有的连吃饭都不吃,就知道两人住在一起了,还以为不合法呢。"

林秀笑了笑,却还是有些忧虑,她想告诉苏不凡真正的原因,却又难以启齿。可是,她还是要面对苏不凡的,她决定找个时间把一切都告诉他,她需要他的理解。

冬天快过去了,马上就春暖花开了,林秀和苏不凡走在城市公园的小河边。春风拂面,路边的树木、野草开始抽出新芽。河水缓缓地流动,像有旋律般摆动着。林秀看着苏不凡,感觉世界像新的一样让自己充满喜悦,幸福感强烈地让林秀想高歌。林秀唱起《茉莉花》:

好一朵茉莉花,好一朵茉莉花,
满园花草香也香不过它;我有心采一朵戴,看花的人儿要将我骂。
好一朵茉莉花,好一朵茉莉花,
茉莉花开雪也白不过它;
我有心采一朵戴,又怕旁人笑话。
……

苏不凡听着自己最深爱的人那发自内心快乐的高歌,看着她含情的眼眸,牵起她柔软的手,告诉自己,这就是他想要的幸福,他一定会好好对她。

好像是忘了时间,忘了烦恼,爱情中的人就是这样忘了一切,那天林秀没有开口说这件事,在那种情景下,她不想大煞了爱情的美好。

终于在苏不凡决定第二天去领结婚证的晚上,林秀鼓足了勇气准备和盘托出。当林秀说有一件事情要告诉苏不凡的时候,苏不凡有预感林秀在这四年里一定有过爱情。但是，当苏不凡听完林秀的陈述时，他当时也傻眼了，气坏了，想不到那次林秀的自杀不是为了考学，而是真的走投无路了，眼前又浮现出当年的情景，她突然对他的冷漠和排斥，让他摸不着头脑的拒绝，当时年轻的他还以为林秀不爱他了，他强烈的自尊心也让他决定放弃。幸好他又回来了，知道真相后，苏不凡觉得自己并没有选择错，林秀是一直爱着他的，只是那段痛苦的经历让她无法面对。他是读书明理人，他觉得爱可以包容一切，更何况他与黄韵云也有一次荒唐。

说完，林秀看到苏不凡紧紧地把自己拥在怀中，让她感受到苏不凡的真诚，她终于踏实了，面前的这个男人会照顾她一生。

最后，苏不凡说服了自己的父母亲，随了林秀的意愿，把双方家长接到城市里，请了以前的同学，现在的同事，热热闹闹地办了一场婚礼。而古平镇，是他们结婚后一个星期才回去，小范围地散了些喜糖给亲戚朋友。

婚礼前夕，林秀知道黄韵云也在这座城市里，而且离自己并不远，她想把她与苏不凡结婚的好消息告诉黄韵云，过去因为发生了太多事，让她疏远了黄韵云，现在她觉得最能和自己分享这个幸福的就是黄韵云了。苏不凡却说："就不要了，这么久了，别人不一定来。"

林秀不解地问："怎么会不来，她是我们以前最好的朋友。"

苏不凡说："就因为是以前的，不是现在的，所以最好不要去打扰她。"

林秀还是要请她来。

苏不凡便生气了，说："我不想请她，有些事，你不懂的。"

林秀好像有点明白了，回忆一下在古平镇的时候，她知道黄韵云也喜欢苏不凡，而且还趁自己与苏不凡疏远时，和苏不凡走得很近。也许是因为这个原因吧。算了，不请就不请了，省得惹苏不凡不高兴。

从苏不凡和林秀结婚那天起，黄韵云就开始由爱生恨，他觉得苏不凡对不起她，就连结婚也没有通知她。黄韵云脑子里乱糟糟的，理不出一个头绪。她要去告他，拿什么告他，最后苏不凡没事，她却落个不好的名声，以后还怎么嫁人。

黄韵云懊恼地拿头去撞床，心里一直在对自己说："我该怎么办？我该怎么办？"

她越想越恨苏不凡，恨得咬牙切齿了。

就在苏不凡和林秀结婚后的一个月，黄韵云嫁了一个一直追他的厂里的工人。黄韵云大专毕业被分到厂里机关工作，嫁了一个工人，厂里人都说黄韵云是下嫁了。黄韵云心里想：找一个爱我的人应该比找一个我爱的人幸福吧。

林秀和苏不凡的婚后生活很幸福美满。林秀生了一个女儿,苏不凡从区法院的基层做起,5年后升任了市二级法官,前途不可限量。林秀在市文工团也做得风生水起,担任起歌唱部主任,带领着团员们经常去部队慰问、演出,受到省市领导的接见和好评。

黄韵云生了一个儿子,单位效益不是很好。人说贫贱夫妻百事哀,黄韵云本来嫁给这个男人的时候就不是很爱他,相处的时间越久,黄韵云越能感受到自己选择的错误,加上带孩子的劳累和生活的烦琐,黄韵云对这场婚姻感到非常失望。

读过书的黄韵云还是有所追求的,她的同学有的下海经商发财了,有的在企业职位越做越高,她一直不甘心只待在一个企业里做着,工作舒服归舒服,钱少,人也变得越来越愚钝,眼界小,每天听单位的妇女们讲着身边发生的鸡毛蒜皮的小事。这种生活不是黄韵云要的,她决定下海经商。她做这个决定没跟她的丈夫商量,她的丈夫不善言辞,胸无大志,每天按部就班地上班、下班,黄韵云觉得和丈夫的距离越来越远。

她辞职了,最初在她的同学公司里帮忙,后来摸到了门道,决定自己也开家公司,做服装批发。黄韵云抓住了好机会,那个时候的服装生意刚刚起步,小服装店如雨后春笋般一家接着一家,黄韵云的客户越来越多,刚开始还做一些不知名的品牌。渐渐地，黄韵云就专门跑上海大品牌厂家做代理，生意越来越红火。有了钱的黄韵云越来越会打扮，经常去大上海进货，黄韵云学了几句上海话，见到熟人，也学会了嗲声嗲气地用上海女人的腔调和他们打招呼。熟悉她的同学会说："以前那个老实的小姑娘现在怎么变得这样圆滑起来。"

另一个说："人家现在是大老板了。"

黄韵云越来越瞧不上她那个老实巴交的丈夫了，在她儿子3岁的时候，黄韵云和丈夫离婚了，从此，她自己带着儿子生活。

刚离婚的那段时间，生活的艰辛可想而知，一个人要带着儿子，又要经常出差，每次出差的时候，就只能把儿子放在托儿所照看，或者放在邻居家，每次回来都大包小包地送邻居礼物。她自己就风里来雨里去，进货又卖给服装店老板。即使这样，黄韵云也不想回到过去了，她想给自己创造一个更美好的未来。

这个女人终于撑起了整个家。

有一次黄韵云带儿子逛商场，恰好看到林秀一家三口，她急忙拐进一个商铺，背过身，待林秀一家往前走了，她才转回身看着她们一家的背影。她有点走神，看到林秀和苏不凡，她心中很不是滋味，一股无法言语的酸楚袭上心头，那是羡慕,嫉妒吗?她无法解释,也不了解自己那是怎样一种内心的澎湃。总之,那天一个下午,她带着儿子都有点魂不守舍。她在心里说:"多么幸福的一家人,我再也不会有了。"

命运转折

林秀一家从商场回到家,一家三口各买了一件新衣服,林秀开心地在镜子面前左比画右比画,她依然年轻漂亮。然后又帮苏不凡把衣服套上,看着眼前的苏不凡和十年前相比,变得越发成熟有魅力,她的爱丝毫没有减少,反而更加浓烈。这套三室一厅的房子也是去年苏不凡新分到的,林秀感到现在的自己是世界上最幸福的女人。

晚上刚过10点,林秀听到有人按门铃,林秀心里想,这么晚了,谁还会来?林秀从猫眼里往外看,门外并没有人,她不敢开门,叫来苏不凡。苏不凡打开了门,门外并没有人。

林秀说:"明明听到门铃声的怎么没有人呢?"

苏不凡说:"说不定是楼上的小孩恶作剧,在闹着玩。"说完,便准备去洗澡睡觉。明天苏不凡还有一个案件要审理,最近都在想着这个案件。

林秀把女儿哄睡着,走进厨房间准备喝水,又听到门铃声,林秀立刻紧张起来,苏不凡还在洗澡。她走到猫眼前,看外面依然没人,她整个人都害怕起来,是恶作剧吗?深更半夜了，不会是小孩在恶作剧吧。

她跑到卫生间把刚洗好澡的苏不凡叫出来说："刚刚门铃又响了。"

苏不凡是法官，什么事都不怕，便打开了门，左右看看，没有看到人，却发现了地上有一个纸条。他拿起纸条，看到上面有一句话：苏法官，到此为止。林秀也看到了这一句话，苏不凡已经明白了，跟最近的案件有关。

关上门，林秀问苏不凡："不凡，什么到此为止，他们是在恐吓你吗？"

苏不凡告诉林秀："这种事我见多了，我是秉公办事，为民执法，谁赢谁输全靠正义，也不是我所决定的，我只是一名法官。"

林秀让苏不凡还是小心为妙，犯法者都是法盲，他们不懂，会把罪过怪在法官头上，官司打输了，有的时候会找法官算账。

苏不凡向来一身正气，说："别怕，我是法官，我必须为民除害。"

今晚发生的事，让林秀开始有些隐隐的不安。甚至有时自言自语道："算了，做什么法官，平平安安最好，干脆不要干了，重新找一份工作吧，这样提心吊胆地过日子，还不如做一个平头百姓。"苏不凡就笑她："放心吧，我是学法律的，不做这行，我还能做什么啊。"林秀噘着嘴巴说："哟，堂堂一个中国政法大学毕业的高才生，还怕找不到工作。"这时苏不凡就会把林秀拉进怀中，在她额头上亲一下说："我知道你担心我，不会有事的，全国法官那么多，又不止我一个，我会让你和子涵过上好日子的。"说完苏不凡有意把头高高昂起，林秀笑着打他一下。两个人恩爱依然。

第二天苏不凡照常去上班，林秀忙着把子涵送到幼儿园，临走的时候，苏不凡看着忙忙碌碌的林秀，内心充满了感激，说："林秀，这几年你辛苦了，有你在，我什么都放心，你就是我的坚强后盾。"

林秀看着他，甜蜜地笑着。

可是这一幕便成了永别，苏不凡再也没有回家。

当林秀听到苏不凡被刺杀身亡的时候，觉得整个天都塌下来了，她心中的那颗炸弹到底还是炸碎了她所有的幸福，她哭得死去活来……然而，一切都无济于事，她的苏不凡再也不会回来。

那时的苏子涵才3岁，在她幼小的心灵上早早就烙下了深刻的印记，母亲哭的那一幕她永远记得，她知道她的父亲再也不会回来了。她感到害怕，蜷缩在角落里。家里来来往往的人都来看望林秀，懂事的她不哭也不闹。

当黄韵云得知苏不凡被刺杀的时候，她不但没有感到婉惜,反而有一种快感。她感到人生立刻轻松了好多,原来自己不是最难熬的,林秀将会比她更难熬,至少林秀失去的是她最爱的人。

黄韵云在心里冷笑着。

林秀不知道怎么度过那段时光的,二十年之后回头看,她仍感到心有余悸,那种濒临世界末日般的黑暗把她的人生又一次打入了谷底。她终于知道,人生的短暂,转瞬之间就是永别。所幸的是,这一次她没有消沉太久,因为还有苏子涵要扶养,她看到苏子涵就好像看到苏不凡一样,这是给她最大的慰藉。

为了忘记这一切,林秀把所有的时间都用来工作和照顾苏子涵。她的歌越唱越好,大家都能听出来,她歌声里的凄哀与悲凉。她成了团里真正的台柱子,到处带队演出,有时她也把苏子涵带在身边。这种生活渐渐地消散了林秀心中的伤痛,她开始重新有了笑容。

林秀天生有姿色,追求她的人又多了起来,有离过婚的,也有大龄未婚的,后来她遇到了唐文彬。唐文彬是大龄男青年,大学刚毕业,一年前准备跟大学谈的女朋友结婚,却因女方家条件好,女孩子又有更高的人生理想,后来出国了,距离远了,爱情也跟着飞了。唐文彬借酒消愁了一段时间,在偶然的一次演出上,他看到林秀唱完一首歌后,动情地流下了泪水。他被那一双充满深情的眼睛所打动,他在心里默默告诉自己,就是她了。

她结过婚,他不管;她有小孩,他不管;她丈夫死了,他不管;他家里反对,他也不管;别人劝他,他更不管;他告诉自己,爱上就爱上了,没有那么多为什么。他要照顾她,他能看出她需要一个男人照顾。而同样,林秀看到这样一个真诚的男人要奋不顾身地娶她时,她内心充满了感恩。

当她28岁再嫁时,有一群女人在那议论。

有人说:"林秀还真有福气,遇到的男人个个都很优秀。"

林秀的同事带着嫉妒地说着风凉话:"人家就是命好,谁叫人家生得漂亮,丈夫不在了还能找到更好的。"

有人同情林秀,觉得林秀再嫁已经不易,内心里鄙视那种说风凉话的女人,顶着她的话说:"别吃不到葡萄说葡萄酸,谁都不知道别人是怎么度过的,把自己的生活过好,再来议论别人吧。"

"别多管闲事,啊,我又没说你。"那个女人生气地叫道。

说完,大家一哄而散,那女人咬牙切齿地乱骂。生活中总有一些人只盯着别人的生活,把生活里所有不满足的情绪全部发泄给别人,而自己就变成了那一类对别人恶语相加的女人。

高　山　峰

　　黄韵云却没有林秀有好男人缘,后来也遇到过一个生意上结识的男人对她示好。空窗期的黄韵云觉得看得顺眼自然就接受了。刚开始,关系都还不错,过了两年,生意人的现实慢慢显露出来,为了一些经济纠纷,两人分道扬镳了。以后也遇到过一两个,大多不长久。黄韵云便对男人失去了信心,准备这辈子不再结婚,而把所有的钱和精力花在儿子身上。

　　她请最好的家教,要让高山峰上最好的学校,她把生意之外所有的时间都用来教育儿子,为了高山峰能上最好的学校,她想方设法买学区房。高山峰果然不负众望,上了初中后,成绩突飞猛进,初中三年,高山峰一直名列前茅。高中时期,黄韵云就把高山峰送到英国寄宿学校去读书。高山峰出国后,家里一下子冷清了,黄韵云生活少了重心,一时间,还无法适应一个人的生活。身边的姐妹们劝她再找一个,她摇摇头,铁了心不找了。说:"我就跟着儿子了,等他回国,把我的生意交给他,我就可以享清福了。"

有姐妹说:"儿子哪能靠得住啊,他要找老婆的,媳妇毕竟不是女儿,你不能把希望都寄托在儿子身上。"

黄韵云说:"我儿子不会的,他找了老婆不会忘了我这个娘的。"

黄韵云讲完这个话,想起高山峰小时候对着她说:"妈妈,我以后会做一个男子汉保护妈妈的。"

当时黄韵云听完这个话,泪流了一脸,把高山峰搂得更紧了。

初到国外的高山峰,每周都打电话给黄韵云,介绍一周的学习和生活情况,有的时候,看到高山峰寄过来的照片,感觉儿子长高了,壮了,越来越像个男子汉了。

第一年暑假,黄韵云决定飞过去看望高山峰。

一下飞机,黄韵云在接机口看到了高山峰,高山峰黑了,但是看起来又健康又神采奕奕。黄韵云心里默默地想,让儿子出国是正确的选择,相信离开家的这一年,一定让他锻炼了不少。

高山峰同时也看到了黄韵云,他激动地大喊:"妈,我在这儿,我在这儿。"恍惚间,黄韵云就想到了高山峰小的时候跟她捉迷藏,黄韵云找不到他,高山峰也是这样大叫着:"妈,我在这儿,我在这儿。"黄韵云的眼睛立刻就湿润了,思念儿子的心情一下得到释放,泪水也不争气地流下来了。高山峰已经比黄韵云高出一头,他一把抱住了妈妈。

他俩走出机场,高山峰寄宿的男主人来接他们的。

高山峰马上把母亲介绍给他,说:"Anthony, this is my mother."(安东尼,这是我妈妈)

安东尼对着黄韵云很热情地说:"Nice to meet you."(很高兴见到你。)

黄韵云也客气地同他打招呼:"太谢谢你了,给你添麻烦了。"高山峰立刻来翻译:"Thank you, but I'm sorry to trouble you!"

安东尼回应说:"Don't mention it."(不客气)

高山峰把妈妈的行李放进后备厢,和妈妈坐进车里,安东尼开车,黄韵云感觉到高山峰真的像个大人了,是她可以依靠的人了。她握住儿子的手,把头靠在儿子肩膀上,那一刻,所有的辛苦,所有的委屈都化为乌有。

车窗外,大片大片的草坪就像铺了一层绿绒毯,远处的古堡式的建筑,零零落落地经过,空气中透着甜味。

"太美了。"黄韵云感叹道。高山峰向妈妈介绍爱丁堡的风土人情。

安东尼的汽车里播放着苏格兰的风笛舞曲,安东尼边哼着歌,边开车,可以看得出来,安东尼是一个开朗的人,他用英文说:"Andy,(安迪是高山峰的英文名)your mother is very good clothes."（安迪，你妈妈很有气质），高山峰告诉妈妈："安东尼在夸你有气质。"

黄韵云马上感觉信心满满，在国内还没有什么人这样夸自己，一到国外就有人这样称赞自己，外国人嘴巴原来这样甜。黄韵云的心情也就放松了下来，她对着安东尼说："苏格兰风景好美，人热情又友好，这个国度的人民一定过得都非常幸福。"高山峰翻译给安东尼听。

安东尼快乐地说："You see , I know we care happy."（你看我就知道我们是快乐至上的）

黄韵云说："这样真好。"

一路上，高山峰做翻译，黄韵云和安东尼也慢慢地聊了一些。黄韵云兴奋极了，一个是儿子的英文说得相当流利，第二个是苏格兰的风景美得像画一样，还有一个是安东尼赞她有气质。她觉得身心从未有过地放松，这一刻生活美妙至极。

汽车驶进圣安德鲁斯小镇，他们很快来到了安东尼家。

安东尼家是一栋别墅，房子门前有草坪，有独立的停车库。一进入安东尼家，安东尼的太太和孩子们高兴地过来迎接，虽然黄韵云听不懂对方在说什么，但是，从表情上能看到女主人的热情和单纯。黄韵云同样以微笑来回应。安东尼家里装饰温馨，虽然自己在国内也住了一小套别墅，装饰豪华,高山峰出国后,平时就她一个人在家,冷冷清清,所以她觉得安东尼的家才像家的感觉。

高山峰当时出国的时候,是黄韵云一个远房亲戚出国带他过来的,当时还有些担忧寄宿家庭待儿子好不好?儿子能不能过得惯?吃得习惯吗?想家吗?现在,自己看到儿子的生活,看到安东尼一家的善良有爱,终于一颗心落了地。

黄韵云给安东尼一家分别都买了礼物,绸缎,人参,中国的茶具,给孩子们带的是中国的特产小吃。安东尼一家连声道谢。

洗漱完毕,安东尼家安排一间舒适的客房给黄韵云,黄韵云跟儿子聊了一些生活和学习上的细节,鼓励儿子一定要好好学习,将来考上著名的圣安德鲁斯大学。高山峰很认真地点点头,说:"我一定会努力的。"

高山峰离开后,黄韵云躺在松软的床上,感叹着,这是第一次出国,很奇妙的感觉,飞机飞了十几个小时,现在的自己也是云里雾里,有兴奋,有疲惫,有激动,有感叹,不知道哪一种可以让自己就此停下来。时差还未倒过来,黄韵云感觉头重脚轻,想着,想着,她就这样沉沉地睡着了。

一觉醒来,已是第二天的凌晨,黄韵云在床上辗转了几下,天已经亮了,她起身下楼了。看到安东尼太太已经在客厅忙碌,她有点尴尬地支支吾吾,不知道说什么好,安东尼太太首先打了声招呼:"Hello."黄韵云也随口跟着说了声:"Hello."脸也变红了。指了指外面的方向,意思是告诉安东尼太太想去外面散散步。

早晨的圣安德鲁斯湿漉漉的,虽是夏天,但是还是有些凉意,草坪上挂着露珠,晨光照射在露珠上,发出亮晶晶的光芒。这个远离自己家乡十万八千里的地方,居然有一种想让人重生的愿望,黄韵云带着满足徜徉在清晨的圣安德鲁斯小镇上。

黄韵云就这样在苏格兰过了一个月,在安东尼一家的陪伴下,玩了苏格兰的山山水水,领略了苏格兰的风情和魅力,这次之行,让她大开眼界。

要回国了,黄韵云摸着高山峰的头,告诉他:"儿子,一个人在国外,你自己的人生全靠你自己闯,妈妈帮不了你什么,希望你能成为妈妈最强的靠山。"

高山峰攥紧拳头拍拍胸脯,说:"老妈,放心,儿子会努力回报你的。"

黄韵云用手去打高山峰的肩膀,说:"你妈还没老呢,就被你喊老了。"

高山峰把黄韵云拥在怀里,告诉她说:"妈妈在我心目中是永远的最爱的妈妈,我回国以后一定会好好孝顺你,我们两个要永远在一起。"

黄韵云被高山峰这一番话说得眼眶都湿润了，在儿子的怀抱里感受到安全的气息，虽然高山峰还小，但是，这一年在国外的锻炼远比在国内的多，黄韵云看到儿子的优秀打心眼里开心。

上飞机的时候，黄韵云也没带着多愁善感，她看得到自己的希望，那就是她的高山峰。

林秀的新生活

林秀与唐文彬结婚的次年就生下了唐子臻,随着唐子臻的出生,林秀与唐文彬之间便不再有隔阂,这是林秀要给唐文彬的交代,她心里开始接纳并爱上唐文彬。生活开始走上正轨,她的两个女儿健康成长,唐文彬事业蒸蒸日上。别人都说林秀就是有旺夫命,林秀笑笑。这一路,只有林秀清楚自己是怎么挺过来的。只是现在,午夜梦回,依然会心悸,恐惧,害怕失去。她知道,这是心病,伤痛需要时间来愈合。幸好,床边的唐文彬是一个体贴、儒雅的先生,当她不开心的时候,唐文彬总能细致入微地开导,陪伴她。林秀抱着他很有安全感,她觉得现在的一切,是实实在在的幸福,便心安了。

现　在　篇

苏子涵·高山峰

高山峰与苏子涵第一次见面后,高山峰就相信什么是前世有缘。苏子涵的一颦一笑都感觉似曾相识般熟悉,高山峰决定爱这个女孩。

苏子涵对高山峰的印象也非常好,英俊,阳光,绅士,有学识,能感觉他身上有满满的能量。这种能量正是她觉得自己缺少的,她渴求被保护,渴求安全感。

当高山峰第二次约苏子涵的时候,苏子涵快乐地应允。

依然是海边,但是这次他们换了一家西餐厅店。夜幕降临后,三三两两的情侣,商务人士,都匆忙地赴约,霓虹点点,明暗相接,点缀着整个夜色阑珊。整座城市都充满了浪漫的情调,暧昧不已。

苏子涵今天穿了一件玫瑰红色的风衣,里面一件黑色打底衫,套了一双黑色小皮靴,系了一条浅灰色丝巾,化了淡淡的妆,看上去美丽又端庄。

她满意地看了看镜子里的自己,走出家门。

林秀看到苏子涵最近性情大变,爱打扮了,有人约了,心里暗暗地高兴。

两人第二次见面的时候,少了些许尴尬,多了几分熟悉。

高山峰问苏子涵:"这家餐厅满意吗?"高山峰身上有一种高贵的风度,有西方人的礼仪之教。

苏子涵腼腆地点头,表示满意。

"你喜欢吃中餐还是西餐,如果西餐吃不惯,我们下次去吃中餐,好吗?"

"我很喜欢吃牛排,也用得惯刀叉,你不用太在意我,我怎么都行的。"

高山峰这才放下心来,很怕苏子涵吃不惯西餐。

苏子涵虽然没有在国外读过书,但是,母亲和继父给她创造的环境也非常好,属于这个城市的中上等家庭。所以,苏子涵是见过世面的,是个有家教、有气质的女孩。

西餐厅生意很好,人也很多,苏子涵和高山峰点好餐,便开始等待。

"上班好吗?在办公室都做些什么工作?"高山峰问苏子涵。

"还不错吧,在办公室就是办公,然后就看看书。"苏子涵有问必答。

高山峰已经看出苏子涵是喜欢安静的。

高山峰在思索,怎样才能让苏子涵放松下来,气氛不那么尴尬。

他拿出自己的手,让苏子涵也拿出自己的手,然后他告诉苏子涵,说:"先双手合并,然后中指向下弯,中指指背靠在一起,其他手指指尖靠在一起。"

苏子涵做好了这个手势。

高山峰说这样看起来是不是一颗爱心的样子。

苏子涵点点头。

高山峰继续说:"然后把你的大拇指打开,食指打开,再打开小拇指,最后打开无名指。"

高山峰看着苏子涵用力地打开无名指,说:"是不是无名指打不开?"

苏子涵有点差异地看着他。

高山峰然后慢慢地说:"能分开你的大拇指,代表你早晚都要和你父母分开,因为我们要长大,要自立。能分开你的食指,代表你会和你的朋友分开,因为即使是最好的朋友,也不能永远在一起。能分开你的小拇指,代表你要和你的子女分开,因为一代一代,他们早晚也要飞向属于自己的天空。试着把无名指分开,可以吗? 不可以,是的,因为只有你的爱人会永远在你身边。"

苏子涵好像心有领悟,开始信任地看着高山峰。

高山峰又说:"无名指代表心脏,如果爱情失去了,心脏就会悸动,整个人就会受心脏所累,达不到平衡。"

苏子涵和男生一起这样谈论爱情,还是第一次,她有点羞涩地看着高山峰说:"你懂得还蛮多的。"

高山峰神采奕奕地说:"我问一个脑筋急转弯,不知道你知不知道?有一天小明走在路上,走着走着,忽然觉得脚很酸,为什么会这样呢?"

苏子涵忍不住笑着说:"为什么又是小明?"

高山峰说:"你回答为什么小明的脚很酸?"

苏子涵想都不想说:"因为小明刚跑完步。"

高山峰摇摇头。

苏子涵又说:"因为小明脚受伤了。"

高山峰还是摇摇头。

苏子涵头看着天花板,思索了一下说:"因为小明不想走了。"

高山峰说:"都不对。"

"那是因为什么?"

"是因为小明踩到了柠檬。"

苏子涵看着高山峰,忍不住捂住嘴大笑,高山峰也跟着笑。

苏子涵又说:"每次都是小明,小明好倒霉。"

高山峰说:"谁叫他叫小明呢。"

"哈哈哈……"

两个人就这样一笑,气氛轻松了很多,苏子涵也放松了下来,话题渐渐多起来。

又过了好久,牛排还是没有上来,就听到苏子涵的肚子饿得咕咕叫,苏子涵不好意思地看着高山峰,高山峰睁着无辜的双眼看着她,两个人又是一阵大笑。

后来,牛排端上来了,两个人迅速地把两份牛排吃个精光。

走出餐厅的时候,已经快晚上 9 点了,两个人都吃得很饱,他们决定沿着海边散散步。

一阵海风吹来,苏子涵的长发被海风吹得飘散开来,高山峰走在她旁边,能闻到苏子涵头发上淡淡的洗发水味。

两个人边走边聊,苏子涵不断说着小时候的事。

高山峰就聊在国外上学的种种经历。

高山峰很会引出话题,他怎么都不会让苏子涵跟他在一起不舒服。这可能跟他在国外生活过有关系,他喜欢与人相处时带来愉悦的感觉。这一点正是苏子涵缺少的,她开始喜欢和这个男生待在一起。

两个人走了好久,高山峰要打出租车送苏子涵回家,苏子涵说:"我一个人坐车回家就好了,时间不早了,你也早点回去吧。"

高山峰执意要送,说:"你一个人回家,我不放心的。"

苏子涵心里暖暖的,坐在同一辆车上,距离很近,她能感受到旁边这个人的气场跟自己的很契合。

整个晚上,苏子涵心里都是暖暖的,举手投足间都洋溢着幸福的感觉,那种感觉从未有过,苏子涵心想:这可能就是爱情的感觉,我爱上他了吗?没那么快吧,我只是不讨厌和他在一起。

林秀看到女儿笑盈盈的样子,知道两个人的约会一定非常成功,她真是看在眼里,喜在心里。

而苏子涵呢,早已经洗漱完毕后,钻进自己的被窝,开始甜蜜地回忆和高山峰相处的点点滴滴。

高山峰晚上回到他家,黄韵云刚洗好澡,披着湿湿的头发出来,问:"儿子,怎么这么晚才回来?"

高山峰回答:"刚刚和几个朋友出去喝咖啡。"

黄韵云虽人到中年,但是身材保持得也很好,浑身上下透着一种干练和精明。

有时黄韵云看着自己一手培养的儿子这么帅气、出色,又住在这个位于城市上流社会的别墅区,她对自己感到满意。有时,她会端一杯红酒立在大大的落地窗前,潜意识里,她告诉自己,努力没有白费,自己是成功的。

高山峰非常尊重他的妈妈,他看着妈妈带着他一步一步从什么都没有,到今天他能在国外上名校,住在这样的房子里,有自己的家族企业。他内心对妈妈充满了感激,有时也心疼妈妈,希望她能找一个伴侣,度过此生。

可是黄韵云不愿意再碰爱情,她觉得有儿子就够了,其实,情感上,黄韵云特别依赖儿子。

唐文彬的魅力

周末的清晨,苏子涵又在唐子臻的琴声中醒来,理查德·克莱德曼的钢琴曲《水边的阿狄丽娜》,唐子臻的演奏已经听不出任何的杂质,曲调婉转悠长,曲风温暖浪漫,"真好听!"苏子涵内心称赞道。她松软地躺在床榻上,看着外面渐渐发亮的天空,呆呆的脑子里一片空白,心情松弛,耳边响着唐子臻的琴声。今天的琴声非常好听,唐子臻一定能考上音乐学院的,苏子涵这样想着。

"精神饱满点,手指不要僵硬,听你弹琴,感觉都要睡着了。"唐文彬大声呵斥道。

唐文彬教育女儿向来严厉苛刻,对唐子臻的琴艺要求完美。

"每一节徐向华的大师课,你都必须比前一次要弹得更好才行,否则,我的钱就白花了。你刚刚的状态不行,重新再来。"

苏子涵无奈地摇摇头,已经听不出任何问题的钢琴曲,还是被挑出毛病来,心里想着唐子臻的痛苦,幸亏没遇到像唐文彬这种望女成凤的父亲。现在的自己就很好，自由自在的。

唐子臻被父亲责骂后也感到非常委屈，情绪上波动很大，但是，又很快恢复了平静，尽量按照父亲的指示去做。一遍又一遍，一个上午的时间，唐文彬终于满意地让唐子臻去喝口水。

苏子涵已经习惯了周末的琴声，唐文彬的呵斥声，母亲林秀在家里打扫卫生的声音，而自己偏偏成了最自由的人。这个时候，她觉得这份自由难能可贵，自己成了这个家里此时最快乐的人。

下午，唐文彬的朋友喊唐文彬出去喝茶，唐文彬应邀前往。

茶室里，茶香四溢。唐文彬走进一个包厢，茶海上放着精致的茶杯，服务小姐一边烧着茶，一边流利优雅地端起茶让客人品香茗。

唐文彬的朋友是电视台的导演穆林，旁边坐着市里著名的女主播林以珊。看到唐文彬来了，两人都站起来敬迎。穆林向唐文彬介绍林以珊，唐文彬大大方方地和其握手，并称赞道："全市最著名、漂亮的女主播，今日看到真人，比电视上还漂亮。"

林以珊回答道："唐部长真会说笑，我早久仰您的大名，早就听说您是一位风流倜傥,为人正直的领导,这不叫导演赶紧介绍给我认识。"

穆林在旁边哈哈笑道:"两位不要互相吹捧了,是不是相见恨晚了啊。"

说完三个人都大笑了起来。

服务小姐烧茶,洗茶,端茶,唐文彬品了一杯后,禁不住感叹道:"真是甘之如饴啊,我喝茶是百喝不厌的,这壶是龙井茶,西湖龙井色绿,香郁,味有点淡甜,入口清香。"

穆林端来另一杯叫唐文彬品尝,唐文彬抿了一口,回味了一下说:"红茶,云南的滇红,中国的红茶有安徽的祁红,云南的滇红,福建的红茶最为出名,国外斯里兰卡的红茶也是相当出名的。"

林以珊又端了一杯茶给唐文彬,唐文彬一看到这颜色,就明白了,说:"普洱茶,发酵茶,这种发酵茶适合我们中年男人喝,可以降低胆固醇。"

唐文彬接着说:"懂茶的都知道,早上喝绿茶,下午喝红茶,晚上喝黑茶,早上喝绿茶,养肝明目,清火防衰老。下午喝红茶,对心脏,循环系统好,红茶配上柠檬和蜂蜜就更美味了。晚上喝黑茶,对肠胃好,消化功能好,睡眠就会好。"

林以珊对着唐文彬竖起大拇指,说道:"怨不得唐部长现在依然这么年轻,懂得喝茶的人必懂得养生,身材也保持得那么好,真不愧是成功人士。"

唐文彬说:"其实中国人喝茶不单单只是品茶,更是一种文化,而这种文化延伸到生活中,更可以说茶是一种媒介,通过以茶会友,以茶论道,把中国的儒家思想融会贯通,所以说,中国上下五千年的历史沉淀下来的都是精髓。"

穆林说:"喝茶也代表中国的中庸之道,中国人向来提倡不偏不倚刚刚好的状态,就像做人,不卑不亢就是最好的状态,喝茶能够锻炼一个人静下心来,这就是喝茶的境界。"说完这话的时候,穆林下意识地摸摸头,虽然他头上也没剩多少根头发了。

唐文彬频频点头,接着说:"是的,是的,喝茶不像喝咖啡,国外是咖啡文化,中国是茶文化,咖啡与茶本身就具有很大的不同,这也是西方文化与东方文化巨大的差异,其实,你不能说哪个好,哪个不好,只是这两种文化背景下都具有非常明显的特征。比如说喝咖啡,一般喝咖啡都要加很多糖,这就加重了身体的代谢功能,而喝茶却恰恰相反,喝茶不仅不会给身体增加负担,而且会清理肠胃,滋养身体。"

林以珊笑着说:"唐部长讲着讲着就讲到了养生,看来对养生研究很深啊。"

唐文彬说:"喜欢养生就是养性情啊。"

穆林对林以珊说:"我跟唐部长是二十多年的朋友,他向来是一个风度翩翩的君子。"

唐文彬大笑,说:"穆林,有你这样夸人的吗?还君子呢,我是先君子,后小人。"

说完,大家又大笑起来。

茶社里的古筝曲《渔舟唱晚》已经弹到高潮,曲调的起浮如海浪般来来往往,让人的心情随着古典音乐进入一种静谧的状态,此刻,三人都静静聆听着音乐,喝着茶,安静地不讲话,并不觉得尴尬。

过了一会儿,唐文彬说道:"茶与音乐,这是一种至美至纯的享受,可以净化一颗凡尘的心。"

穆林说:"还能达到一种愉悦的心理状态,能够感受生活的美好。"

林以珊接着说:"其实人世间的是是非非都是一种假象,如若可以放下,便能够享受到大美的人生。"

唐文彬被林以珊的这句话说得眼前一亮:"想不到,以珊年纪轻轻就有这么高的领悟,真是冰雪聪明。"

林以珊脸上泛起红晕,说:"和你们在一起,怎么也能学上一些吧。音乐、诗、画本是生活的精神素养,是必不可少的。"

穆林说:"所以宣传部本身就是一个城市的精神灵魂导向,你看我们城市的文化、艺术、媒体都做得如此好,这跟唐部长的功劳分不开的。"

唐文彬说:"哪里,哪里,这都是大家一齐努力的结果,也不是我一个人的功劳,是每一届领导班子都重视文化,重视人民的精神需求。"

窗外车水马龙,林以珊轻轻端出一杯茶,看着外面热闹的街市,和茶室里是两种截然不同的场面,林以珊觉得每一次和这些朋友聊天,总是能领悟到一些什么,真的是受益匪浅。

如果·爱

早晨,太阳光映满屋,又是一个晴天。今天,苏子涵格外开心,高山峰昨天已经跟她约好,下午下了班,出去约会。她已经有一个星期没看见高山峰了,这个约会在她心中期盼了一个世纪般漫长,她说不清楚是一种什么样的感觉,只是在心中有所等待,难道这就是爱情吗?

苏子涵挑了自己最喜欢的衣服,吃早餐的时候,唐子臻还在弹琴,心情好胃口也特别好。

林秀看着苏子涵现在的状态,已经看出了端倪,记得自己和苏不凡每次约会的时候,就是这种状态。苏子涵的一颦一笑都和苏不凡很像,所以,她觉得苏不凡没有离开她身边,再加上现在有唐文彬的爱,两个优秀的女儿,现在的自己真的很幸福。

苏子涵临出门的时候告诉林秀:"妈,我今晚和朋友一起出去吃饭,看电影,不回来吃饭了,可能会有点晚。"

林秀满口答应。

苏子涵下班走出公司大门,就看到高山峰站在公司大门前面的花坛边,穿着一件深绿色夹克衫,黑色西装裤,休闲皮鞋。苏子涵看到他的时候,脸不自觉突地就红了,心里暗想,他好帅。

高山峰也看到她了,他喜欢看她浅浅地笑,有点敏锐,深邃的眼神。

高山峰跟她走在一起,同事们都转过头来看,苏子涵受这种注目礼还是第一次,平时的她默默无闻得像一张壁画,不张扬,不骄傲。

高山峰走到一辆奔驰车前,拉开车门,请苏子涵入座。车内装饰精良,发出淡淡的香味。

高山峰从后排座位上拿出一捧玫瑰花,说:"子涵,送你的。"

苏子涵捧着玫瑰花,放在鼻子前闻了闻:"好香的玫瑰花,谢谢你。"

这样美丽的感觉,又是苏子涵的第一次。她不知道高山峰要给她多少不一样的惊喜。

吃完饭,高山峰和苏子涵一起去看了《如果·爱》。电影院内,总会有些温情在暗暗涌动。电影很悲情,周迅饰演的女主角孙纳和金城武饰演的男主角林见东在冰冻的雪天,演着来来回回的爱情故事。苏子涵看到林见东录给孙纳的录音带时,忍不住哭了。高山峰握住她的手,把她的头靠在了自己的肩膀上,苏子涵能够感受到高山峰的温暖,在这个悲情的电影背景下。

高山峰就这样握着,一直没有放手。

电影散场后,两个人默默地走出电影院。

高山峰首先开口说:"结局并不好,但是整部剧很有内涵。"

"我不喜欢悲剧,看着心里不舒服。"

"也不算悲剧,两个人都经历了太多,只是没有办法走到一起,也许虽然还爱着对方。"

"孙纳太现实,这种女孩子太急功近利,林见东爱她不值。"

"孙纳的出身就代表了她要像一棵野草一样生存,一样出人头地,可能她没办法选择,她需要养活自己,她不像林见东,只是为了寻梦,梦没有了,现实也不见得会很差,可是孙纳不同,她只有往前走。"高山峰用理性的思维方式分析着剧情。

"林见东太深情,孙纳毁了他,男人动起真情来,一点也不比女人差。"

"是的,感情这东西,男女都是一样的,一旦付出,就很难收回。"

"里面的插曲很有意境,曲调正好跟电影内容贴合,文艺电影给人的感觉就是唯美,这种手法让人看过后,不忍离去,回味无穷。"

"这就是导演的厉害之处了,他知道电影该在什么时候收,该在什么时候放,还知道观众该在什么地方流泪。"说完,看了一眼苏子涵。

苏子涵回望了一下他,说:"周迅这部剧演得好,不过,我觉得金城武演得更好,真是太帅了。"

高山峰站在苏子涵对面,很认真地说:"有我帅吗?"

苏子涵扑哧一笑,看着他说:"这不一样,金城武再帅,他离我太遥远,而你就在我身边。"

高山峰把苏子涵拥在怀里,自然地捧起她的脸,开始吻她。苏子涵紧张地顺从着,闭上了双眼。这个帅气的,聪明的男生真真切切地站在自己面前,像前世的情人回来赎她的真心。

苏子涵就这样爱上了高山峰。

两个人手牵手,沿着海边一路走,一路聊,高山峰很诚恳,告诉苏子涵:"我父母在我很小的时候就离婚了,母亲一手把我养大,她非常强大,也非常不容易,我畏惧她,也敬重她。"

苏子涵愣了一下,说:"那是不容易,你妈妈是女强人吧,她一定也非常能干。"苏子涵在高山峰面前还有所保留,并没有完全告诉他自己的家世。

高山峰说:"是的,我母亲特别要强,现在是一家上市公司的老总,我回国就在帮她处理事务。"

苏子涵明白了,说:"原来你家有家族企业啊,了不起,让人羡慕,你妈妈已经给你打好了基础,你可以少奋斗20年了。"

高山峰笑笑说:"我必须要在我妈的基础上做得更好,才不辜负我妈,我自己也才能满意。"

苏子涵说:"不要给自己太大压力,你不也是刚回来嘛,如果以后遇到了什么困难,我们一起去面对。"

苏子涵毕竟也是出身于知识分子家庭,这个时候,就能感受到她有良好的家教。

高山峰感动地说:"以后有你在我身边,我遇到再大的困难也不怕了。"说完,紧紧地把苏子涵搂在怀里。

爱情的开始总是那样甜蜜。

之后,高山峰开车把苏子涵送回家。

高山峰帮苏子涵拉车门,目送她上楼,这一幕正好被站在窗口的林秀看见,等苏子涵回到家里来的时候,林秀便啰唆开了,不停地追问道:"子涵,那个小伙子是谁呀?看他还开着一辆奔驰车,那车是他们家的?还是他自己挣钱买的?看这小伙子个挺高,长得倒没看清,不过,我女儿看上的,一定差不了。"

苏子涵皱皱眉头说:"妈,你何时变得这样八卦了,我难道就是看上人家开的车吗?好了,老妈,我的事,你先不要那么操心,等确定了再跟你说。"

林秀说:"你这孩子,就我们家这条件,怎么也要找个门当户对的吧,我说得有错吗?"

苏子涵不耐烦地说:"什么门当户对,唐部长又不是我亲生父亲。"

说完,走进了自己的房间。

林秀被苏子涵这样一说,忽然一阵心酸,这些年,她几乎忘了,唐文彬不是苏子涵的亲生父亲,在她心中,她一直觉得苏子涵和唐子臻是一样的,但是,苏子涵却没这样认为,也真难为了这孩子。

苏子涵关上房门,坐在书桌前,看着窗外万家灯火,回忆今晚和高山峰在一起的点点滴滴,爱情来得并不突然,但这种感觉从未有过,和平时的世界完全不同,原来爱情是这个味道的。

她双手捧住脸,发呆。窗外璀璨的灯光把整个夜空都照亮了,一颗、二颗、三颗,怎么颗颗都印上高山峰的脸,苏子涵觉得自己变傻了。

第二天,苏子涵来到办公室上班,她一进办公室的时候,就感觉气氛不对,有些人看到她过来,立刻走开了。她的耳边便响起了这些声音:"小姑娘还蛮有本事的,找个高富帅,开着大奔,带着美女,看着真像在演戏呢。"

有的说:"看不出来,平时文文静静的,还喜欢傍大款。"

还有的说:"越是看起来文静的,其实越是闷骚,你不知道吧。"

苏子涵都没有反应过来,等坐到办公桌前,回想一下,忽然想到,是不是昨天下班,高山峰开着奔驰车过来公司接自己的时候被他们看到了。

他们是在说我吗?苏子涵心里反反复复地在想着这个问题,说得好难听啊,高山峰不就是过来接我一下吗,至于说我傍大款和闷骚吗?太欺负人了吧。

正在恼羞成怒的时候,手机响了,苏子涵接起电话,对方传来一位好听的女性声音:"喂,你好,我是电视台的主播林以珊,你是苏子涵吧,唐部长的大千金,现在接电话方便吗?我有事找你,你可以出来吗?"

苏子涵有点迷惑不解,想着林以珊是谁?后来想起来了,电视台著名的女主播林以珊。她便急忙地答应了下来。

苏子涵匆忙地坐电梯下到一楼,在公司外见到戴墨镜的林以珊,林以珊把墨镜摘下,礼貌地与苏子涵握手。苏子涵有点紧张,第一次见到林以珊,说了句:"林主播,久仰大名。"

林以珊自然地笑了,说:"叫我林以珊就可以了。"那笑容里有从容,有自信,还有着不同于凡人的气质。苏子涵忽然觉得她好漂亮,虽然她的五官不够标准,但是,她由内而外散发出的是一种迷人的气质,这种气质不咄咄逼人,透着优雅和干练。

林以珊把苏子涵带到一家咖啡厅,说:"苏子涵,你好,我是唐部长的朋友,是这样的,电视台想给你们公司老总做个专访,你是公司总经理秘书之一,我通过唐部长要了你的电话,我把这份专访材料带给你,你帮忙带给你们公司老总。"

苏子涵说:"可是,我们公司老总从来都是一个低调的人,你让他上电视,我估计可能性不大。"

林以珊说:"就是因为他是一个不愿意上电视的人,所以我才来拜托你,因为你对他比较了解,你去跟他说比较好。"

苏子涵说:"我,我不行吧,我只是他的一个秘书,在工作上处理事务,但是我的意见,他不见得采纳吧。"

林以珊并没有放弃刚才的话题,继续解释道:"我知道你们老总从来都不是一个张扬的人,但是,电视台的采访会给你们公司带来很好的正面影响,为了整个公司的利益,他也应该出面帮公司做宣传,并且,电视台也不会是什么人都做专访,这对于你们公司和我们电视台来说,是双赢的结果。"

苏子涵说:"做专访要给经费吗?"

林以珊看着苏子涵,点点头。

苏子涵有点为难地搅动着手中的咖啡勺,刚刚办公室同事的恶言秽语已经让她很难过了,现在又遇到这么棘手的事,忽然觉得心情很差,忍不住流下几滴眼泪来,滴落在咖啡杯里。

林以珊见状,以为是这件事难倒了苏子涵,忙说:"子涵,子涵,你要是觉得难办,那这件事先不着急办,看都把你难为哭了,太不好意思了。"

苏子涵拼命地摇摇头说:"以珊姐,不是这样的,她用手拭去眼泪,刚刚有一件事情让我感到很委屈。"

然后她把刚才受的委屈都告诉了林以珊。

林以珊这才释然,知道苏子涵不是为了电视台的事伤心,对苏子涵说:"生活是你自己的,与他人并没有关系,你光明正大地交男朋友,不要管他人怀着一种怎样的心态说你,这个世界上,人多嘴杂,守住自己的一颗心就好了。"

苏子涵说:"可是他们说得好难听,说我傍大款。"

林以珊笑着说:"你不要在意这些无聊的人,你是傍大款吗?"

苏子涵摇摇头。

林以珊说:"这就对了,你管他人说什么呢,你又不是活给别人看,大胆做你想做的事。"

苏子涵信任地对林以珊点点头。

林以珊接着说："知道他们为什么说你吗？因为你值得让别人说，你出身好，形象好，如果再嫁得好，那岂不是让人嫉妒死了。而那些说你的人都是失去自我的人，他们的眼里只有别人，却唯独没了自己，他们其实十分可悲可笑。"

苏子涵醒悟似的使劲点头，说："以珊姐，你真厉害，不愧是著名的女主播，我要向你学习。"

林以珊说："我也是一路这样过来的，所以我懂的。"

苏子涵："以珊姐，公司老总那边，我想办法说服他，交给我吧，我会尽力的。"

林以珊满意地连说谢谢，两个人离开了咖啡厅。

苏子涵甩甩头，相信林以珊刚刚说的话都是真的，不是自己不好，而是别人嫉妒她，为什么要让这些无聊的人来破坏自己的心情。她恢复常态，回到座位上，开始想如何说服老总掏这笔钱出来上电视做宣传。

苏子涵的老板方家伟是一名台湾人，为人做事不张扬，内敛而沉稳。五年前方家伟来到这个南方沿海城市创业，现在的公司规模就已经做得很大，方家伟准备稳扎稳打地把公司做上市。但是，这个时候，市里的税务局、电视台都开始盯上这家公司，拉赞助，做广告，找各种理由接近这家公司。偏偏方家伟不是一个很大方的人，把钱守得很严实，更不愿意在各种媒体场合抛头露面。

苏子涵一上午都在关注方家伟办公室的情况,办公室的人不停地走进走出,可以看出方家伟真的很忙,苏子涵能透过半透明玻璃看到方家伟眉头紧锁着。这个时候一定不能进去,进去一定会吃个闭门羹。

临近中午,同事们开始三三两两地出去吃饭,苏子涵觉得这个时候去方家伟办公室谈话最合适。

她走进方家伟的办公室,方家伟正对着电脑处理事务,看见苏子涵过来了,便说:"还没有出去吃饭?"

苏子涵平时到方总办公室都是落落大方的,今天却显得有些紧张。

苏子涵说:"方总,有件事情想对您说。"

方家伟一直盯着电脑:"你说?"

苏子涵顿了顿说:"电视台想给我们公司做个专访,是主播林以珊让我把这份材料交给您,您有没有时间看一下?"

方家伟接过材料,简单地翻了一下,材料上写着广告费用十万,方家伟说:"苏子涵,帮我推掉这个采访,一、我没有时间;二、我们公司不是文艺团体,不做大众产品,现在还不需要宣传;三、这项宣传费用,公司暂时不开设。"

苏子涵说:"方总,可是对外宣传是每个企业都必须要做的,只有做好宣传,才能吸引更多的客户,这正好是一个机会,电视台收广告费,我们得到宣传,这会是双赢的结果。"

方家伟看着苏子涵说:"我们公司的产品是定向研发,定向销售,你不是不知道,过多的宣传只会增加公司的负担,我们的产品是赢在质量,不是靠电视台的几句口号就能取胜的,你知道吗?"

苏子涵还想说下去,方家伟便打断她,叫她去吃饭。苏子涵看这种情况便不再多说。

一下午,苏子涵都有些闷闷不乐,感觉这一天过得很糟糕。拿起手机,看看又放下,放下又拿起。

这时,一条新信息在闪烁:"你在做什么?"是高山峰发来的。

苏子涵的不快顿时烟消云散。

苏子涵回复:"今天上班很多事情让我很不开心,不过,现在没事了。"

高山峰回复:"有什么事让你不开心的,告诉我,我看能不能帮你解决。"

苏子涵就把林以珊找他们公司方总采访的事都告诉了高山峰,高山峰后来回复:"今晚我们见面,详谈。"

高山峰穿着一套西装就来见了苏子涵,看得出来是从公司直接过来的,令她感到欣慰的是,其实自己也就是诉苦般随口说说的事,高山峰却这样认真地对待,光凭这一点,就觉得高山峰好贴心。

苏子涵把今天方家伟讲的话一五一十地讲给高山峰听,高山峰想了一下说:"早就听说你们方总是个保守派,你让他拿十万块钱出来,他不会同意的,我倒有个方法与他合作,看能不能行得通。"

"但是我今天看他的意思是一点商量的余地都没有,你能说服他吗?"

"他其实就是舍不得出那十万块钱,如果我与他合作,他能得到更大的利益,我相信他会同意的。"

苏子涵看着高山峰,她最喜欢的就是高山峰的眼神,这个眼神让她有安全感,

她主动挽起他的手,高山峰知道苏子涵爱上了他,他很兴奋,一把把苏子涵拥入怀中。

第二天高山峰来到苏子涵的公司,苏子涵把高山峰引荐给方家伟,对高山峰使使眼色,然后把门关上。

高山峰掏出名片递给方家伟,名片上写着峰韵股份有限公司总经理高山峰。方家伟知道峰韵是本市很知名的一家服装品牌上市公司。

方家伟对于高山峰的到来感到很惊讶,然后看了一眼高山峰,一个帅气带着朝气的年轻人,说:"你是黄总的儿子?"

高山峰点点头,说:"您认识我妈?"

方家伟说:"见过你妈几次,在市里一起开过几次会,你妈非常能干,是女强人。"

高山峰说:"承蒙方总夸奖,我替我妈谢谢方总,早就听说方总您也是一位沉稳、干练的老板,今天突然拜访,我这有一件小礼物送给您,请您笑纳。"

高山峰掏出特意为方总购买的一条紫罗兰色领带,方家伟高兴地收下,这个举动瞬间拉近了两个人的距离。

方家伟喝了一口茶,话渐渐多起来,开始和高山峰不停地聊着,他们聊了很多。

方家伟开始讲从台湾来到大陆,起初创业的艰辛,守业的不容易,所以直到现在,他也没有喘口气的时间,他还一直处在像陀螺一样转动的状态,有时夜里也会想公司的业务,甚至会失眠。

高山峰看他如此坦诚,也说明了这次来的用意。

高山峰说:"方总,实不相瞒,我这次来,是想与方总合作。希望方总能答应电视台的邀请,您放心,这个钱,我们出。"

方家伟没料到高山峰是这个用意,说道:"为何?你是为了电视台来的还是为了苏子涵来的?我出面,你掏钱?"方家伟疑惑不解。

高山峰点点头:"方总,我是与您合作。"

"我们公司是做电子产业的,与你们服装公司如何合作呢?"

"我公司旗下还有很多产业,你们公司的产品宣传册我看过,正好适合,到时我就指定要你们公司的产品。"

方家伟立刻坐起来,亲自给高山峰斟上茶水,又试探地问高山峰:"你们公司能订多少货?"

高山峰说:"先订个一百万吧。"

方家伟说:"好,爽快,我明天就叫公司销售部上门送合同。"

方家伟想了一下说:"高总这样照顾我们公司,这样吧,今年公司的制服也要重新做,就在你们公司做100套。"

方家伟又不解地看着高山峰说:"为何与我们公司合作?"

高山峰迟疑了一下,摇摇头说:"有人拜托我的。"

方家伟说:"电视台的人?"

高山峰点点头。

高山峰走出办公室的时候,是苏子涵送他到楼下,高山峰开心地告诉苏子涵,说:"事情办妥了,你可以通知林以珊,何时采访都可以。"

苏子涵瞪大了眼,对高山峰佩服得五体投地。

高山峰说:"晚上一起吃饭。"

苏子涵高兴地答应了。

海边,苏子涵和高山峰吃完饭,她挽起高山峰的胳膊,漫步在沙滩上。

天气越来越暖,苏子涵穿了一件长裙,外面披着一件薄衫,身材修长。

苏子涵问高山峰:"你怎么说服方总的?"

高山峰故作神秘地说:"天机不可泄露。"

"这是什么天机呀,还不告诉我。"

"总之事情办成了,不就行了。"

"其实也不是帮我办,只是那个林以珊说是我爸的朋友,如果我没帮她办成,觉得很没面子。"

"你爸居然认识电视台的当红主播。"

于是苏子涵便把自己的身世都一一告诉了高山峰,现在的父亲并不是自己的亲生父亲,但是他对待自己很好,自己还有一个同母异父的妹妹。

说完这一切,高山峰唏嘘不已,知道苏子涵同自己一样,都是没有亲生父亲的养育,他紧握着苏子涵的手。

气氛有点沉寂,高山峰便恶作剧般地推了苏子涵一下,苏子涵摔在松软的沙滩上,她抓起沙子撒向高山峰,嘴巴里大喊着:"高山峰,你好坏啊,你等着。"

高山峰撒腿就跑，苏子涵爬起来就追，两个人深一脚浅一脚在沙滩上奔跑。苏子涵追到了他，高山峰向苏子涵求饶，苏子涵说："求饶也没用，我要罚你跪下认错。"

　　说完，苏子涵禁不住哈哈大笑起来。

　　沙滩上的人禁不住侧目观看。

　　两个人都仰躺在沙滩上，苏子涵头枕在高山峰的胳膊上，听海浪潮起潮落。

女主播林以珊

第二天一上班,苏子涵就通知林以珊,可以预约采访方总了。电话那端,就听出林以珊非常高兴,不停地对苏子涵说谢谢,改天请吃饭。苏子涵也觉得能给当红主播办成一件事,而感到自豪,更希望能成为林以珊的朋友。

星期五下午,苏子涵下班前果然收到唐文彬的电话,说有个饭局要子涵参加一下。苏子涵本来约好与高山峰一起去看电影,逛街。但是,唐文彬一般不打电话给苏子涵的,她内心是敬重这位继父的,所以她推掉了与高山峰的约会,去参加唐文彬的饭局。

临下班之前,苏子涵去卫生间洗了脸,化了妆,整理了一下衣服,这才对自己满意。去参加唐文彬要求的饭局,这还是第一次,苏子涵有些紧张,不知道有什么大人物在。

苏子涵打车前往指定的餐厅,餐厅大而豪华,宽阔的大厅灯光璀璨,水晶灯发出耀眼的光芒。刚踏进大门,苏子涵在心中禁不住自言自语道:"哇,好漂亮。"

苏子涵进入包厢,包厢内已经坐满了人,她看到林以珊也在。林以珊看到苏子涵进来，优雅地起身过来招呼，苏子涵说："以珊姐，你也在啊。"林以珊帮苏子涵安排座位坐下，把她的包挂好，显得尤为亲切。

林以珊就是这样一种人，美丽，优雅，大方又得体，从她脸上很少能看到她内心深处的东西，处世圆滑，虽对人亲切但还是有距离感，不管怎么说，她都是本市的明星，骨子里有不一样的高贵。

餐桌上，苏子涵看到方家伟也在，苏子涵打心里觉得这个饭局不简单，有一种说不出的压抑感。

还是林以珊先开口说话了："今天我们电视台王台长和穆导演请大家在一起相聚，真是难得的好机会，其实这真的是要感谢唐部长，还有苏子涵帮我们与方总之间有了第一次合作，真的要谢谢方总。"林以珊不愧是主播出身，说话妙语连珠。

穆导演给大家一一介绍，同时也介绍唐文彬部长是苏子涵的父亲，方家伟也才知道，原来苏子涵后台这么硬，居然还在他的公司做秘书。

方家伟忍不住对苏子涵说："苏子涵，我今天才认识你，你隐瞒得够深的。"

苏子涵尴尬地一笑。

穆林说："苏子涵不靠老爸，也能闯出自己的一片天地，这姑娘有前途。"

苏子涵心里想,怎么今天我变成主角了,我毕竟不是唐部长的掌上明珠,唐子臻才是啊。

苏子涵脸红红的,这种应酬的场面接触得少,不知道如何应对。

林以珊还是会说话:"以后子涵的培养就靠方总了,我们把子涵交给你了。"

方家伟说:"苏子涵本身就很优秀,我们公司就是需要她这样的人才。"

苏子涵感叹,方总今天讲话怎么那么顺耳,那么好听呀。

唐文彬发话了:"这次希望方总与电视台的合作成功,这是第一次合作,也希望以后能够加强合作,这样方总你们公司才能打响知名度,只有走出来,天地才能更广阔。"

方家伟说:"唐部长,你说得是,我之前是比较保守的,总想着公司才刚起步,只想要发展公司,其实,有时需要结识一些朋友,寻找一些合作,才能做得更好。"

唐文彬说:"是的,走出来,天地才广阔,交到更多的好朋友,我们都可以互相协助,海内存知己,天涯若比邻嘛。"

穆林说:"四海皆兄弟,谁为行路人,以后大家都是兄弟了,谁也不是陌路人,像我和唐部长都二十多年的朋友了,他那时候还没当官我们就是朋友了,他现在当官了,也没落下我这个朋友。"

唐文彬一阵爽朗的笑。

林以珊欣赏地看着唐文彬。

唐文彬身上有一种成熟男人的魅力，还带着知性。

林以珊说："那为了我们能够成为合作的伙伴，也能够成为生活上的朋友，一起干杯。"

吃完饭，回去的路上，唐文彬和苏子涵坐在专车的后排，唐文彬语重心长地对苏子涵说："子涵，听你妈说你现在谈恋爱了，记住，女孩子找男朋友一定要慎重，对方家世背景，人品行为都要打听，不能光看男孩子的长相。"

苏子涵说："知道了，爸。"

苏子涵知道唐文彬是真心待自己好，而自己却做不到像唐子臻那样和唐文彬之间的亲热，她觉得和继父之间始终隔了一层膜，这是她内心跨不过去的地方。

苏子涵和唐文彬回到家，唐子臻正在书房写作业，林秀在客厅看电视。

唐文彬回家就问："子臻弹过琴了没有？"

林秀说："她今天好像功课多，就没弹。"

唐文彬皱了皱眉头说："功课多怎么就不弹了呢，先弹琴，再做功课。"

于是，他立刻到书房把正在做功课的唐子臻喊出来弹琴,唐子臻一脸不高兴,嘟囔道:"功课那么多,今天就不弹琴了,不然,我作业交不了差。"

唐文彬说:"让你回到家第一件事就是弹琴,你怎么又做别的事了。"

唐子臻说:"我没有做其他的事,就是在做功课。"

唐文彬说:"赶紧过来弹琴。"

林秀接着说:"都9点了,今天就算了吧。"

唐文彬说:"怎么能算了呢,弹琴一天也不能耽误,不然怎么考上音乐学院?"唐文彬说话斩钉截铁,不容别人反驳。

唐子臻没办法,只好去弹琴。只是最近功课也蛮重,每天弹两个小时的琴,再去做功课,都要做到晚上12点,唐子臻觉得每天都过得很疲惫,内心很不满。她看到姐姐现在每天都神采奕奕的,觉得好羡慕,现在的她也好想穿着漂亮衣服上班。

唐文彬对唐子臻要求极其严格,几乎是军事化管理,几点到几点做什么,都列得一清二楚。一天下来,把这些事情完成,唐文彬觉得这一天才算结束。

唐文彬看到唐子臻去弹琴了,心里轻松了。

林秀说:"我发现你对子臻太严厉了,只要听到她说不弹琴,你会立刻变脸,你也不要给她太大的压力了,你看子涵,到时长大找个好人家嫁了也挺好的,女孩子始终要嫁人的。"

唐文彬看看林秀，虽然林秀在同龄人当中还算年轻，但是面容和身材都有些苍老了。

"看来，你真的老了，不仅是年龄还有思想，女孩子也要自立自强，不能指望嫁个好人家就可以了。"

林秀马上被他的话击伤："对，现在嫌我老了，当初是你追我的，我本来就比你大，你现在是正当年，男人五十风华正茂，是不是？"

唐文彬反击道："我说这个话，你那么敏感干吗？我嫌弃过你吗？是你自己嫌弃你自己吧。"

林秀说："你这话就是在嫌弃我，我当初带着子涵嫁给你，你是不是一直嫌弃我到现在？"

唐文彬说："我自始至终都没有这个意思，你内心里自卑，我有说过嫌弃你带着子涵嫁过来吗？我当初不顾家人的反对把你娶进门，你现在说这个话，有良心吗？"

林秀边说边委屈地哭："我一个女人带着孩子，你娶我，是对我的施舍，是为了可怜我，是不是？我不需要你的可怜，不需要你的怜悯，你现在后悔还来得及。"她一边哭，一边抹眼泪。

电视里放着连续剧，林秀已全然听不进去。

唐子臻和苏子涵都已经熟睡了，唐文彬才把所有的灯关掉，锁好大门，走到房间，灯也没开。林秀转过身去，唐文彬轻轻地上床,他知道林秀并没有睡着。林秀的睡眠一向不好,整个房间安静得只听得到彼此的呼吸声。唐文彬用手去摸林秀,林秀把他的手拿掉,唐文彬继续去寻找她的身体,林秀的身体开始不自觉地发热,一个五十岁的女人,还有什么理由和资格去排斥一个成熟有魅力的男人。但是,林秀又从来不是那种招之即来,挥之即去的女人,她有柔情,但更有骨气,这就是唐文彬喜欢她的原因。但是就林秀而言,她内心里也清楚,一旦这个骨气和柔情都失了度,外面不知道有多少女人虎视眈眈地想做唐部长夫人,她怎么也得把自己的老公给看牢了。

她开始转过身来,回应着他。他捧着她不再年轻的脸庞,熟悉地抚摸着她的身体,他内心里对她还是会悸动,虽然这悸动可能是亲情,或者是怜惜。他感觉这身体熟悉得就像是自己的身体,没有当时的激情和冲动了,可是这个女人是属于他唐文彬的,这么多年的陪伴,让他感动。她轻声呻吟着,在这个漆黑的,安静的夜里。

第二天苏子涵一走进办公室,方家伟就把她叫到办公室,说升她为总经理助理,比秘书高一个级别。苏子涵十分喜悦,感谢方家伟对她的栽培。

苏子涵在整理桌子上的材料,准备搬到离方总更近一点的办公室,同事之间都传开了,小声嘀咕着苏子涵怎么那么快就升迁了。

"搞不好用了美人计。"

"苏子涵看着不像,那么冷的一个人,不太像会用美人计的那种人。"

"人家苏子涵也是兢兢业业的正经女孩,努力工作就能升迁。"

有的不服气噘噘嘴,还有的已经感到苏子涵马上就要成为自己的上司了,这边赶紧去帮她搬箱子,擦桌子。

这边苏子涵听到手机有短信通知,苏子涵看到是高山峰发过来的:"亲爱的,中午一起吃饭。"

苏子涵回复:"好。"

这一段时间,苏子涵感觉有点像插上飞翔的翅膀,在云里雾里穿梭,今天升迁,中午和喜欢的人吃饭,自己内心有个声音在唱,我就是这样幸福。

中午,高山峰捧着一束鲜花出现在苏子涵的办公室,全办公室都炸开锅了,大家窃窃私语,声音中开始由小声转成大声:"这是苏子涵的男朋友,我上次好像见过。"

"这么帅啊。"

"不仅帅,还多金呢,开大奔的。"

这时看到方家伟从办公室里出来,正好撞见高山峰,方家伟诧异地去跟高山峰握手,看到高山峰手捧鲜花,便知道了七分,笑着对高山峰说:"高总,你终于承认了。"

高山峰羞涩地点点头,说:"我来接苏子涵出去吃饭。"

"苏子涵在办公室。"

办公室的女士们都在惊呼:"高总,他是大老板哟。"

苏子涵见高山峰手捧鲜花,也诧异地说不出话来,她以为高山峰会在楼下等她,怎么忽然跑上来了,她一会儿叫高山峰坐下,一会儿去倒水,一会儿又想去关门,高山峰看到她这个样子,忍不住笑道:"子涵,我接你去吃个饭,有必要这样手足无措吗?"

这一句话就让苏子涵放松了下来,她看了看手表,说道:"对啊,下班了,那我们走吧。"

苏子涵拉着高山峰就往外走,直到两人走进电梯里,电梯门关上了,苏子涵才大呼了一口气。高山峰看到苏子涵这个表情,觉得可爱至极。

苏子涵娇嗔道:"怎么上来也没打个招呼呢,我一点准备都没有。"

高山峰神秘地说:"就是想给你一个惊喜。"

苏子涵看看他:"噢噢,真是惊喜。"脸上泛着粉红色。

苏子涵手捧着鲜花,嗅着花的香气,那一刻,高山峰觉得苏子涵好美,好温柔。

快餐店里,苏子涵说:"祝贺我吧,今天我升为总经理助理了。"

高山峰听到苏子涵升迁了,一边吃着嘴里的比萨,一边对苏子涵竖起了大拇指:"那真是值得庆贺,看来我今天送花正是时候啊。"

苏子涵有些扬扬得意:"以后每个节日都要送我花哦。"然后,又带着点忧虑,"不过,总经理助理也不是那么好干的,责任重大,比之前的秘书工作责任大多了。"

高山峰说:"你要是觉得累就不要做了。"

苏子涵瞪大了眼睛说:"我不工作,我从来没想过。"

高山峰很认真地说:"是啊,不工作,我养你。"

苏子涵手上的比萨掉下来一粒牛肉粒,她弯下腰去捡,耳边一直萦绕着高山峰讲的话:"我养你,我养你"。

整个一下午,苏子涵都很兴奋,平时不爱笑的她都笑出声来。她心里想着她不用那么卖力地工作也有人养她,但她还是会选择工作下去。

高山峰的这一句话让苏子涵幸福了一下午加一个晚上,就这一句话比自己升迁还高兴,临睡觉之前,她还在想着这句话,在床上辗转反侧好一会儿,才甜甜地睡去。

电视台顺利采访了方家伟,当然十万块的广告费,是峰韵掏的业务费。这件事最后还是被黄韵云发现了。

黄韵云坐在董事长办公室,打电话叫高山峰进来。

现在的黄韵云一头干练高蓬的卷发,一身公司给她特制的,合体的套装,浑身上下散发着成功女性的味道。

高山峰坐在黄韵云前面,把业务费发票丢给他,问:"这是怎么回事?"

高山峰回应道:"公司同中伟实业公司签约了一批电子产品,正好是我们汽车电子公司需要的,所以开销了一笔业务费。"

"我们买中伟的产品,这十万块钱的业务费,你怎么解释?"

"我把价格压得很低,中伟又订了我们100套服装,我想这是两全齐美的事情。"

"订货是订货,我们买中伟的产品,这十万块钱你以为公司是捡来的?而且中伟的产品进驻有没有通过董事会批准?你有没有考察过这个公司的资质?"

高山峰被黄韵云的话问得哑口无言。

黄韵云继续呵斥道:"公司走到今天,是我辛辛苦苦打拼来的,它的一分一厘都要花得清清楚楚,都要物有所值,我绝不允许你胡乱开销。"

"怎么发票上还是电视台的章,是怎么回事?"黄韵云继续责问高山峰。

高山峰就一五一十地说是帮朋友,但是没说是为了苏子涵。

黄韵云听后,生气地说:"你为了朋友,动用公款,什么朋友值得你这样效劳?你这样公私不分,总经理的位置怎么敢让你做!"

高山峰不自觉地喊出:"妈,朋友多了路才好走,你这样像个守财奴,公司没有人脉怎么经营下去。"

黄韵云是不允许高山峰在公司喊她妈的。

黄韵云说:"你所谓的朋友都是建立在金钱的基础上的吗?你妈我叱咤商海这些年,什么没见过?商场如战场,每一分钱都要有所回报,公司才能守得下去。"

高山峰不讲话,他知道他说什么,黄韵云都会把他的话压下去,她做董事长这么多年,从来都是说一不二,没人敢反驳她。

待黄韵云说完,高山峰声音低沉地说了一声:"妈,对不起,下次不会了。"

高山峰一向是个孝顺的儿子,对母亲的话也基本上是言听计从,因为他知道,他生长在单亲家庭,母亲把他养大,又做着这么大的一个企业,实属不易。所以生活上及工作上都会听母亲的,不给她添麻烦。而高山峰也一直是黄韵云的骄傲,他帅气,有能力。同是一个圈子里的陈老板,早就看上了高山峰,要把自己的女儿介绍给黄韵云做儿媳妇,黄韵云一直都说好,准备挑个合适的时间让他们见见面。

黄韵云声音也放缓了,说:"这个周末回家吃饭,你陈叔叔一家要到我们家做客,你一定要到。"

高山峰答应了。

周末到了,黄韵云的朋友陈洪海带着女儿和老婆来到高山峰家。

陈圆圆是陈洪海的掌上明珠,与高山峰算是青梅竹马,两家又是世交,都同样有英国留学经历。陈圆圆长相靓丽,性格开朗。这次主要是想让陈圆圆和高山峰相识,希望促成两个孩子的好姻缘。

陈洪海是黄韵云多年生意场上的好伙伴,同样是位成功的企业家。陈洪海不仅是企业家,还写得一手好字,开过个人画展,身家和教养都不容小觑。高山峰能进入这样的家庭做女婿,黄韵云是非常愿意的。如果能促成两家做亲,对黄韵云的事业也有很大的帮助。

可是这一切都是除了高山峰之外所有人的一厢情愿。

高山峰的家是一栋独立的别墅。院子里种满了花草,黄韵云没事的时候就喜欢摆弄花草,所以整个院子被黄韵云收拾得花团锦簇。黄韵云想等到自己累了,想退休了,自己就在家养养花,种种草,然后去世界各地旅游。如果高山峰和陈圆圆能够在一起,那是最好不过的了。

高山峰开的门,见面喊了陈洪海和陈洪海的爱人王冬梅:"陈叔叔好,王阿姨好。"

陈圆圆见到高山峰,甜甜地说:"山峰哥好,好几年没见了。"

"是的,好几年没见了,我出国,你也出国,真的好久没见你了,圆圆真是越长越漂亮了。"

陈洪海接过话:"你们俩都长大了,山峰也是越长越帅了。"

黄韵云也过来迎接,热情地笑着说:"好朋友,来来来。"

经过花园的时候,陈洪海就驻足不动了,他看到院墙上,花园里到处是花,他被这么多品种的花所吸引,不禁说道:"韵云,你这是要改行开花店啊,这么多品种的花,没想到你是一个成功的企业家,也是一名成功的花匠啊。"

"我给你们介绍一下,这是牡丹,兰花,百合花,一串红,芍药花,木槿花,蛇目菊,滴水观音……"黄韵云的脸此刻在花的映照下也有了红晕。

"真是百花齐放啊。花可真香,像洒了香水般,真漂亮。"陈洪海的爱人王冬梅说。

"我后院还有,每次我从公司很累的时候回到家,一闻到扑鼻的香味,身体马上就放松了。"

"黄姨,这倒是一个让自己放松的好办法,就像我们涂精油,精油也是花朵提取物,但是,你上班已经这么忙了,花还养得这样好,真是不简单!"陈圆圆恭维道。

"你黄姨更厉害的是培养了一个好儿子。"陈洪海看着高山峰说道。

高山峰听了微微一笑。

"总之是个成功的女人。"王冬梅也接着话讲。

"还是你们家老陈更厉害吧,书法、绘画、做生意,样样行,在你们家老陈面前,我还是甘拜下风的。"

"敢情陈叔和我妈这是在互相吹捧,互相较量啊!"高山峰总结道。

大家一阵欢笑。

走进客厅,房间里装修得更是讲究,体面。家里同样摆满了真花,假花,客厅挂着一幅国画《富贵花开》。

"韵云,你这是要被花包围啊。"陈洪海说。

"就是年龄大了,才更喜欢花。"黄韵云真心喜欢花带给她的灿烂心情。

"我看你比花更娇艳呢!"王冬梅说,说完一阵爽朗地笑。

黄韵云调侃道:"我们家再多的花也比不上你们家这位千金花啊。"

今天的主角虽然是陈圆圆和高山峰,两人却是话说得最少的,双方父母都使出浑身解数,让双方能够一见钟情,但最终是什么结果,他们一点也不知晓。

宴席上,黄韵云拿出珍藏的红酒,给每个人斟上,酒过三巡,陈洪海开始说话:"山峰这孩子,我是真喜欢,我家圆圆要是能够找到山峰,那会是一桩好姻缘。"

陈圆圆的脸红红的,不说话,她对高山峰一见钟情了。

"圆圆那么优秀,我配不上她的。"高山峰急忙为自己解围。

黄韵云拿脚踢踢高山峰,接着说:"让他们处处看。"

高山峰看着黄韵云,想说什么,又把话咽了回去。

陈洪海满意地多喝了几杯。酒过三巡,菜过五味,大家散席。

送走陈洪海一家,高山峰对黄韵云说:"妈,陈圆圆跟我不适合。"

"你不相处怎么知道不合适。"

"我对她没感觉。"

"人家家世好,留过洋,长相好,你怎么会对她没感觉,找到人家是我们高攀了。"

"就是因为高攀,所以我就更不愿意找她了。妈,我什么事都能听你的,但是这件事上,你还是不要干涉我。"

就因为高山峰什么都顺着她妈,所以黄韵云在家里也是说一不二。

"你说什么,我不干涉你,给你找这么好的女朋友,你还不领情。"

高山峰有点急了,说:"妈,我已经有女朋友了。"

"什么?你有女朋友了?这怎么可能,你怎么没告诉我?"

"我准备等时机成熟再告诉你的。"

"是做什么工作的?"

"她在公司上班,性情和长相都是我喜欢的。"

"不行,你和圆圆结婚了,对我们事业有帮助,你不能找其他女孩。"

"你把我的婚姻当生意吗?你不要那么现实好不好?"

说完,高山峰很不高兴地上楼去。高山峰拿出手机,看到苏子涵发来的消息:"我想你。"高山峰回复:"我也想你。"

苏子涵看到高山峰回复的短信,她正在房间看书,一阵甜蜜涌上来。这时,唐子臻敲门进来。

苏子涵问唐子臻:"怎么了,我们的大钢琴家,今天怎么没有练琴?"

"我今天心情好郁闷。"

"怎么了?"

"我弹琴遇到了瓶颈,最近进步很小,徐老师对我有点失望,现在觉得压力好大。"

"徐老师是不是要求好高?"

"进步不大,嗨……烦死了。再这样,我就要得抑郁症了。"

"爸爸是对你期望很大的,你要顶住压力,不能辜负爸的期望,他是咱们市的宣传部长,你怎么也不能给他丢脸。"

"我怎么会给他丢脸,可就是努力不上去了怎么办?"

"妹妹,别着急,慢慢来,你看人家傅聪,爸爸不老是说嘛,没有傅雷的严厉,哪来傅聪的今天。"

唐子臻装出哭的样子:"啊……我怎么能跟傅聪比?"

"你为什么不能跟傅聪比?你一定会超过他,我看好你。"

"姐,我在你心目中有那么厉害吗?"

"那是,唐子臻在我心中最厉害了。"苏子涵张开手臂,做出奋进的动作。

唐子臻笑了,心情放松了许多。

唐子臻说:"姐,问你一个私人问题。"

苏子涵拿着手机,画面停留在高山峰的那一页,心不在焉地说:"问吧。"

"你是不是谈恋爱了?看你每天都笑得像朵花似的,你一定是谈恋爱了。"

"有吗？你说得太夸张了吧。"恋爱中的人的神态是骗不了人的。

"快说,那位未来的姐夫是谁？"

"等时候到了,我会带给你们看的。"

"噢,我猜得没错,我从小到大都没看到你这么快乐过。"

"妹妹,替我保密哦。"

"什么替你保密,相信全天下我是最后一个知道的。"

"你是未来的钢琴家,不可以受太多干扰,知道吗？"

"我就等着未来的姐夫给我买糖吃喽。"

"小馋猫。"

唐子臻离开苏子涵的房间,苏子涵重新回归一个人的安静。

正值夏天,海风吹进来,一阵凉爽。窗台上挂着的那串风铃,随着风起风落发出清脆的声响,苏子涵最喜欢听这串风铃的声音,它多像一位知己对自己倾诉心声。

第二天是周日。高山峰约苏子涵出来。苏子涵看外面阳光强烈,便选择了一套短衫和短裙,对林秀说:"妈,中午不回来吃饭了。"

高山峰身穿苹果绿T恤,牛仔裤,青春洋溢。高山峰看见苏子涵出来,便去牵她的手。

林秀和唐子臻,包括唐文彬都跑到窗户旁,去看高山峰。

唐子臻说:"姐姐的男朋友好帅呀!"

林秀说:"男孩子不能光帅,还要人品好,有才华。"

唐文彬说:"是啊,不能光看外表,要看内在品质。"

高山峰今天没有开车,他们手牵着手走在街上,吃着冰淇淋,逛饰品店,吃小吃摊,在人潮拥挤的大街上,边走边看。两人的目光始终没有远离。苏子涵皮肤白,一晒就发红,高山峰就去帮她买了顶太阳帽,戴在苏子涵的头上。

高山峰喜欢看苏子涵那双迷人的眼睛,虽然她可能不是最漂亮的。陈圆圆可能比她漂亮,但是他就喜欢苏子涵小巧的五官,那双并不是很大的眼睛,略带着故事,这是令他着迷的。

下午,高山峰回到家,看见陈圆圆坐在客厅里,高山峰有点奇怪,但又不失礼貌地问:"圆圆,你怎么来了?"

黄韵云说:"圆圆特意来给我们送音乐会的门票,今天晚上的,说还有我的一份,我就不去了,你们年轻人去吧,山峰今天晚上陪圆圆去看,别辜负了人家的好意。"

高山峰想拒绝,但是在这种情境下,他又无法拒绝,如果拒绝了,显得他很不绅士,他是受过西方教育的人。

吃完饭,高山峰开车载着陈圆圆去听音乐会,陈圆圆穿着一件蓬蓬裙,坐进车里。

陈圆圆问高山峰:"山峰哥,平时都喜欢什么休闲方式?"

"也没有什么休闲方式,就是喜欢打打球,跑跑步。"

"你喜欢听音乐会吗? 我很喜欢听的,如果你喜欢听,我们可以经常去,我爸有朋友在宣传部,大剧院每次都给宣传部送票,他们就会送给我爸。"

"不用客气了,如果我想听的话再说。"

"我很喜欢音乐,我爸从小让我弹古筝,我就考了八级,十级都没考到,就放弃了,现在想想真后悔。"

"那真是可惜,否则你也可以上台表演。"

"山峰哥,英国的风笛会吹吗?"

"学了一点点,以前在英国的时候,跟着他们会吹,现在都忘记了。"

会场到了,陈圆圆先下车,她看高山峰下车锁车门,随后跟在高山峰后面,看着高山峰帅气的背影,这一刻,感觉自己好甜蜜。

听音乐会的时候,高山峰坐得笔直,有意与陈圆圆保持合适的距离,音乐会很精彩,特别邀请电视台主持人林以珊主持,高山峰和陈圆圆都听得入迷。

这时,唐文彬也坐在剧院里听音乐会,他们宣传部发的票,他平时不太过来,有时会带唐子臻过来听钢琴独奏会。这一次,林以珊打电话给他,说是自己主持的,特别邀请他坐第一排欣赏。音乐会散场的时候,高山峰和陈圆圆走在唐文彬的前面,唐文彬起初并没在意,只是觉得前面的小伙子面熟,后来,他忽然想起来,这个男孩是苏子涵的男朋友,他上次在窗户里远远见过他。唐文彬仔细地看了看他,是和一个女生一起听的音乐会,没有很亲昵,他不敢贸然猜测。

这时,林以珊打电话过来,问唐文彬能不能送她一程,唐文彬答应了。

唐文彬·林以珊

林以珊光彩照人,优雅地坐进唐文彬车里。她身上有淡淡的香水味,这样一个有魅力的名女人,让唐文彬觉得有些不自在。

唐文彬夸她:"你今天好漂亮。"

林以珊说:"唐部长,你是真心的吗?"

说得唐文彬不知如何回答。林以珊在他面前表现得轻松、自然,回归一副小女人的姿态。

唐文彬说:"你每天都很漂亮,本市的当红主播嘛,谁人不知,谁人不晓。"

林以珊反而有点落寞,说:"可是,漂亮又有什么用,碰不到合适的人,又嫁不出去,现在都是老姑娘了。"

"怎么,林主播想让我给你介绍一个?"

"喜欢的人不合适,合适的人不喜欢,痛苦啊。"林以珊显示出自怜状。

"你喜欢上谁了?"

"你真的不知道?"林以珊看着他开车的侧脸。

唐文彬呵呵笑着:"我哪会知道呢?"

"算了,不知道最好。"林以珊收起刚才的话题。

唐文彬把头扭过来看看她,然后说:"怎么了？你刚刚在舞台上那么光彩夺目,怎么一下子又这么沮丧了?"

"刚刚的光彩夺目都是假的,现在的我才是真实的。"

"不要太挑,找个合适的人把自己嫁出去。"

"我爱上了一个有妇之夫。"

唐文彬沉默不语,他明白林以珊可能暗指自己。

"我该怎么办?"

唐文彬继续沉默不语。

林以珊看着他,昏暗的灯光落在唐文彬的脸上。

唐文彬把车开到林以珊家楼下,看着她说:"你到家了。"

林以珊说:"告诉我该怎么办?"

唐文彬耸耸肩,说:"我没办法。"

林以珊看着他的眼睛:"你不敢接受,是不是?"

唐文彬说:"我没办法接受,我有家庭。"

林以珊说:"我一晚上都是美给你看的。"

唐文彬不敢直视她,不可否认,林以珊是多少男士的梦中情人,可是唐文彬是谦谦君子,他不想出格。

林以珊说:"抱我一下,可以吗？我好孤独,每次从镁光灯下走下来,我都觉得好孤独。"

如果处于风度,唐文彬应该抱她一下,可是处于男女之间,他又不能轻易地抱她。

林以珊主动去抱唐文彬,唐文彬轻拍了她一下,说:"乖,下车了。"

林以珊脸贴上唐文彬的脸,唐文彬认真地看着她,看着她的红唇,情不自禁去吻她。

一瞬间,他推开了林以珊。林以珊还没有从刚刚的甜蜜中回味过来,看着他。唐文彬对林以珊说:"乖,回家吧。"

林以珊握住唐文彬的右手,把头埋在他的胸前。唐文彬用左手去摸她浓密的头发。

过了一会儿,林以珊下车,离开。

回去的路上,唐文彬有点魂不守舍。回到家的时候,也是沉默不语的。

睡觉的时候,唐文彬开始反思,自己还是被她吸引了,难道不是吗?她喊他去听音乐会,他去了;她喊他送她回家,他送了;她要他抱她,他也抱了。自己怎么那么被动,他看了看身旁的林秀,想着这个家,这个职位,都不允许他出轨,他决定不见林以珊,不管她找何种借口。

第二天吃早饭的时候,唐文彬问苏子涵:"子涵,你的那个男朋友是做什么工作的?"

"他有自己的公司,家族企业。"苏子涵回答。

"要认真交往,就要全面了解对方的家世背景和人品,不可儿戏。"

"知道了,爸。"

唐文彬来到办公室,拿出手机看到林以珊发来的短消息:"我昨天做了一晚上的梦,梦里都是你。"

唐文彬看到后,马上删除了,但心里还是有些悸动。和林秀之间的爱情早已没有了当初的激情。爱情,对于成年人来说是一种奢侈的精神享受,一般人消费不起。可是,没有爱情,生活又索然寡味,生活永远是矛盾的。

林　秀

林秀所在的文工团参加本市企业界联合演出活动,林秀是队长,带队演出。

大剧院里,知名企业代表坐在前面的嘉宾席,林秀在后台安排演员准备上台。

"服饰,动作,注意自己的表情。"林秀大声对演员说。

演出开始了,一个节目接着一个节目,林秀忙得不可开交。演出的空当,林秀往嘉宾席上看,她无意中看到了黄韵云,林秀心里有点悸动。她和黄韵云足有二十多年没见了,她现在是企业家了。这么多年她们都在一个城市,却从不曾见过面,在林秀心里,隐约记得那时黄韵云好像也喜欢苏不凡,但是,她并不知道黄韵云和苏不凡之间发生过什么。当年的记忆如潮水一样涌来,林秀不敢再回忆了,那些记忆就像噩梦一样让她无法自拔。这些年,好不容易走出来,她要跟过去永别,她决定不跟黄韵云打招呼,她要彻彻底底地告别过去。

演出结束的时候,林秀带着演出队伍谢幕。她大大方方地走到舞台中央,微笑着看着台下的观众,黄韵云也看到了她。那一刻,她们目光有了短暂的交流,只停留了几秒,就是这几秒,囊括了半生的回忆。

散场后,林秀去制作单位要了一份企业名单,看到了峰韵股份有限公司董事长黄韵云。她现在是一个成功的女性了,林秀想。

林秀回到家,心绪难平。唐子臻在弹琴,唐文彬还是不停地说唐子臻弹得这里不好那里不好,林秀此时感到内心更加烦躁了,对着唐文彬大吼:"你能不能不要每天都呵斥子臻,她已经很努力在弹了,你这样只会让她越来越糟糕,你知不知道?"

唐文彬感到林秀莫名其妙,平时他管唐子臻弹琴,林秀从不过问,今天怎么发这么大的火。

唐文彬说:"不找缺点,就不会有进步。"

"你整天把心思放在子臻弹钢琴上,你有没有关心过我和子涵,子涵虽然不是你亲生的,但是她从小没有父亲,你是不是该给予她和子臻同样的关心。"

唐文彬被林秀这些话说蒙了,他辛辛苦苦地做丈夫、父亲、继父,到头来,却还要被指责他没有做到继父的责任,他觉得林秀这话说得很不公平,很没有良心。

看来,她今天在外面不知道受了什么气,回到家来撒在他的身上,他不想争吵,便躲进书房。

　　安静下来的时候,林秀也开始懊恼自己不该对唐文彬发火,唐文彬也不容易,做父亲,做继父,做宣传部部长,想着想着就哭了,哭出来,内心平静了许多。此时,林秀最不愿意的就是回到过去,幸亏一切都过去了。

　　虽然是这么说,但是,当人遇到问题的时候,依然会去争去夺,去伤心,去埋怨,这就是人类的特性。

苏子涵的第一次

时间转眼过去了,离唐子臻考音乐学院的日子越来越近,近期,唐文彬比唐子臻还紧张,也把所有的精力都放在唐子臻考试这件事上,十几年的努力,就看这一次了。唐文彬给唐子臻打气,唐子臻感到压力好大。

考试的前一天,全家人坐在一起吃饭,林秀对唐子臻说:"子臻,对明天的考试有没有信心?"说完,夹了一只鸡腿给唐子臻。

唐子臻说:"妈,有信心就一定能考取吗?"说完做了个鬼脸。

苏子涵听唐子臻这样说,觉得很好笑。

"你这孩子,难道对自己没有信心吗?"

"不就是换个地方弹琴吗,我才不会紧张呢!"唐子臻摆出一副豁出去的表情。

唐文彬和林秀乐得哈哈笑。

苏子涵说:"对呀,我们子臻是谁呀,未来的钢琴家,明日之星。"

唐子臻说："还是姐有眼光,我一定会努力的。"对着苏子涵挤眉弄眼。

唐子臻就是这样,性格乐观,这是苏子涵所不能及的。虽是一个妈生的,但是性格差异好大,一个天性乐观开朗,一个有些内向,谨小慎微。

唐文彬说："我们大家一起祝子臻明天考试顺利,榜上有名。"

唐子臻做了一个胜利的手势。

晚上睡觉的时候,林秀对唐文彬说："明天就要考试了,子臻这些年也真听话,一般孩子都坚持不下来,我们花在子臻身上的钱足够再买一套大房子了。"

唐文彬说："房子再多有什么用,孩子培养出来,她一辈子就不愁了。"

林秀说："等我们子臻考上音乐学院,要好好感谢一下徐向华老师,他陪着子臻练琴,给子臻介绍北京的钢琴老师。"

唐文彬说："我会的。"

林秀转过身,搂住唐文彬："这些年,你辛苦了,子臻的教育全靠你了。"

唐文彬说："子臻是我的女儿,我当然要好好教育她。"

林秀想到了苏子涵,在学业上不如唐子臻成功,希望她能找个好老公。

今天是去北京的日子,唐文彬和林秀一起陪考,全家一起出动,临走的时候,徐向华也来送行。

苏子涵说:"子臻,祝你好运。"

家里就苏子涵一个人了,她反而觉得自在了。苏子涵吃完早饭,准备去上班。

方家伟叫苏子涵去峰韵一趟,一是拿定制的工作套装,二是把这期的产品宣传册拿给高总过目一下。

苏子涵答应,带了司机和车过去。苏子涵的车子穿过城,来到峰韵公司门口,大门旁边的石壁上醒目地刻着"峰韵股份有限公司",她觉得好亲切,自己的男朋友就是这里的老板。

进入公司大厅,很气派,假山和喷泉围绕着。

高山峰正在大厅里等她,苏子涵看到他,高兴地迎上去,高山峰带着苏子涵来到他的办公室,司机在车里等她。

高山峰关上办公室的门,拉着苏子涵的手说:"我派人送去就好了,干吗还要亲自过来?"

苏子涵说:"方总说了,你们公司是我们的 VIP 客户,是我们的贵宾,我们一定要服务到位。"

高山峰说:"方总这样客气。"

苏子涵又说:"这个是最新的产品目录,方总让我带给你,看能不能再签一笔大单。"

高山峰随手拿起目录,翻了翻说:"你们公司发展很快啊,这几款电子产品都是国际上最新的。"

苏子涵说:"公司能不突飞猛进吗？方家伟几乎把公司当成家了,天天研究国际形势,市场行情,一天24小时,他能工作16个小时,所有的精力都放上来,能没有收获吗？"

"看来,我要加油了。"高山峰笑着说。

说完公事,高山峰对苏子涵说:"这几天,有没有想我？"

苏子涵脸红了,对高山峰发嗲说:"你呢,你有没有想我？最近怎么一点讯息都没有,也不发一个短消息。"

"最近公司事情太多,就没联系你。"

苏子涵觉得认真工作的男人最有魅力。

"我带你去工厂转转,那里有最新的服饰,你挑几件拿回去。"

"真的吗？我以后穿衣服是不是都不用发愁了。"苏子涵好惊喜,女孩子对服装从来都是来者不拒的。

"你何止是穿衣不用发愁,吃饭也不用发愁,我会养你的。"

"你确定我是最合适的妻子人选吗？"苏子涵有些羞涩地说道。

"我确定。"

苏子涵甜蜜得无以言表。

刚走出办公室的时候,高山峰和苏子涵就碰到了黄韵云,高山峰有点紧张地向黄韵云介绍苏子涵,说:"董事长,这是客户苏子涵。"

苏子涵听高山峰这样介绍自己,心中一愣,便也跟着随口喊了一句:"董事长好。"

黄韵云也客气地说了一句:"你好。"对着高山峰说:"好好招待客户。"

苏子涵有些不悦,高山峰并没察觉,对苏子涵说:"刚刚那个是我妈,也是我的上司。"

苏子涵噢了一声,第一次看见高山峰的妈,感觉她是一个不容接近的女人。不过,苏子涵来到工厂,刚刚的不悦瞬间消失了,眼花缭乱的衣服是所有女生的最爱。

高山峰帮苏子涵挑了几件衣服,苏子涵说:"我付钱给你,你要给我成本价。"

高山峰故意地说:"不行,价格要比市场价要高,因为是总经理亲自陪同挑选。"

苏子涵说:"你坏死了,还要陪同费啊。"

高山峰对苏子涵说:"我派人把衣服给你送到公司,你先回去,今晚我们一起吃饭。"

"今天晚上到我家来吃饭,家里就我一个人,子臻去北京考试了,我烧给你吃。"

高山峰眼睛发亮,说:"真的啊?你愿意烧给我吃?"

苏子涵腼腆地说:"我学着烧,以后要做人家老婆,怎么能不烧饭呢?"

高山峰高兴地抱起了她。

下了班,高山峰和苏子涵一起去超市买菜,高山峰推着超市货架车,苏子涵走在前面。苏子涵今天穿着一件黑色的连衣裙,露出修长的脚踝,穿着一双休闲凉鞋,整个人显得轻松,随意。两个人在超市边选边聊。

"老婆,我要吃红烧鸡。"高山峰说。

苏子涵羞涩地去拍打他,说:"你难为我,我只是试着学着烧,不知道烧不烧得好。"

高山峰故意说:"烧得再难吃,我都吃得下去。"

苏子涵笑着说:"那烧不熟呢?"

高山峰故作思考状,眉头紧锁,说:"你想谋杀亲夫吗?把烧不熟的食物给我吃,万一我得了禽流感怎么办?"

苏子涵大笑,感觉高山峰有时天真的表情像个孩子,她爱极了他。

"你不会先尝一尝再吃。"

"你做什么我都吃。"

"你要死了,那我怎么办啊?"

"那就一块到月亮上去,你做嫦娥,我做玉兔。"

苏子涵笑他嘴贫。

苏子涵又问高山峰:"你喜欢吃什么菜?上海菜、广东菜、四川菜还是湖南菜……"

高山峰想了一想,说:"我应该喜欢吃清淡一点的,广东菜,我偏好一点。"

苏子涵点点头,认真地看着他说:"我又了解了你几分,喜欢吃清淡的,说明性格温和,适合做老公。"

高山峰斜眼说:"要不要今晚考验一下我?"

苏子涵羞红了脸。

从菜品部转到酒类货架,高山峰拿了一瓶红酒,有菜没酒,不成席。

两个人刚拐过来,迎面撞上陈圆圆的父亲和母亲,陈洪海和王冬梅。

高山峰脸色一变,有点尴尬,打了个招呼说:"陈叔叔,王阿姨。"

陈洪海用犀利的眼神看着他,并打量着苏子涵,苏子涵不认识他们,脸色平静。

回到家,苏子涵准备洗菜。

高山峰说:"我来帮忙,老婆。"

今天,高山峰一句句老婆地喊,什么话喊多了,就变成心理暗示了,苏子涵真有了一种做别人老婆的感觉,她看得出来,高山峰真心爱自己。

　　趁苏子涵洗菜的时间,高山峰到处参观参观。这是一套四居室的住房,大而整洁,墙上挂着全家福照片。苏子涵那时还小,一副青春期少女的模样,旁边的一定就是苏子涵说的唐子臻了,长相与苏子涵有几分神似,但看得出来,唐子臻长得更像父亲,这个男人就是苏子涵的继父吗？一个五官立体,长相俊朗的男人。苏子涵的母亲很漂亮,明眸皓齿。

　　高山峰来到苏子涵的秀房,房间干净而温馨,有一个大大的书桌,书桌上整齐地码放着书籍,高山峰随手拿出一本格丽特·米切尔的《飘》。

　　唐子臻的房间有一架钢琴,钢琴上堆满了钢琴书。

　　客厅也有一个大大的书柜,里面堆着满满的书。

　　看得出来,这个家庭每个人都有自己喜欢和需要的精神食粮。

　　这时,苏子涵喊高山峰,叫他来尝一尝菜的咸淡。

　　高山峰吃完一口,满意地点点头,说:"这个口感正好。"

　　过了一段时间,四个菜一个汤已经准备好了,高山峰把红酒打开,倒了两杯。

　　高山峰端起酒杯,说:"老婆大人,你辛苦了。"

　　苏子涵说:"我第一次做一桌菜,不知道味道怎么样？"

　　高山峰捧场地说:"看色泽,就知道好吃,我们先喝一杯,庆祝我们两个人的日子。"

苏子涵笑着说:"两个人的日子也要庆祝?那就希望我们永远在一起。"

高山峰说:"我们永远不会分开的。"

两个人喝了一杯酒,就都放开了。高山峰说:"今天要把这瓶酒喝完。"

苏子涵说:"我不能喝酒,喝酒就想睡觉。"

高山峰说:"今天高兴,我们不醉不归。"

因为是在自己家里,苏子涵也放开了,反正喝醉了,就在自己家睡觉,她也没有想太多。

苏子涵第一次烧的满桌菜让她信心倍增,也觉得自己有这方面的天分,可以胜任一个贤妻良母的角色,看着高山峰开心的样子,她也觉得和高山峰结婚一定会幸福到老的。

甜蜜的两个人真的就这样喝上了,你敬我一杯,我敬你一杯,说着笑着,爱情让两人深陷其中,已经不在乎任何事,眼里只有彼此。红酒的后劲很足,苏子涵有些支撑不住,眼前开始朦朦胧胧,意识开始涣散,对着高山峰不停地说:"山峰,我好爱你,我真的好爱你……"

高山峰也是有点醉的,虽然有时他也会应酬,但不太能喝酒的。

苏子涵把 CD 机打开,拉着高山峰就要跳舞,她彻底放松了,她感觉自己站在了云端,世界像一个靓丽的舞台,仿佛看见了一束光,自己迎着光跳舞,轻飘飘的,像踏在棉花糖上,她看到她最爱的高山峰,这个世界只要有他就够了,她好满足。

高山峰从来都没有看过苏子涵这个状态,觉得她今晚好妩媚,浑身上下充满了柔情,高山峰抱住她,禁不住开始吻她。苏子涵浑身发烫,她喃喃地说:"我是你的,我永远都是你的。"迷离的眼神看着高山峰。

高山峰把苏子涵抱到床上,他体内的雄性荷尔蒙开始让他发狂,他渴求着苏子涵柔软的身体。苏子涵还在喃喃自语着,高山峰的生理需求战胜了理智,他开始解苏子涵的衣服,苏子涵配合着,她愿意把一切都给高山峰,她想着自己今生都是他的,迟早都是他的。同时高山峰也愿意把自己的一切都给苏子涵,她的一颦一笑,都牵动着他的心,如果真有永恒,他希望这一刻永恒。

他与她赤裸相对,酒都醒了一半,苏子涵粉红色的脸膛变得更红了,他环抱着她,苏子涵的身体深深吸引着他。

这样一对年轻的情侣,在一个美妙的夜色里,完成了从男孩、女孩到男人、女人的嬗变,这嬗变都让彼此以为这就是天长地久。在许多年以前的那一个夜晚,高山峰的母亲黄韵云和苏子涵的父亲苏不凡也是在酒后发生了男女性爱关系,多么熟悉的场景,只是当时苏不凡并不爱黄韵云。幸运的是,苏子涵和高山峰彼此深爱着对方。

高山峰酒醒了,他从后面抱住苏子涵,他俩都没有说话,只听得到彼此的呼吸。高山峰捋了捋苏子涵的头发,用下巴紧贴着她的头,小声说:"后悔吗?"苏子涵摇摇头,转过身来,把他紧紧地抱住。高山峰满足地亲着苏子涵的额头。

深夜,高山峰回到家,打开灯,看见黄韵云坐在客厅,高山峰说:"妈,你还没睡。"

黄韵云说:"怎么这么晚才回来?"

"有个应酬。"

黄韵云质问他:"男的女的?"

高山峰迟疑了一下,说:"男的。"

黄韵云说:"最近和陈圆圆交往得如何?"

高山峰有些领悟,虽然黄韵云没有挑明讲,他知道他的母亲一定知晓了陈圆圆的父亲和母亲今晚碰见他和苏子涵的事。

高山峰不想回答这个问题,他说:"妈,我洗澡去了。"

黄韵云警示他,说:"除了陈圆圆,我不希望你和其他女生交往。"

高山峰没有说话,洗好澡躺在床上,他回想着和苏子涵的温存,同时他在心里想,除了苏子涵,他谁也不想娶。

工　作

　　第二天,高山峰到公司,黄韵云就安排他去出差,同行的还有陈圆圆。因为峰韵和陈洪海的海纳百川公司合作开发一个房地产项目,在一个三线城市,所以让高山峰和陈圆圆去洽谈。

　　高山峰知道这是母亲特意安排的,但是出于工作考虑,又不好说什么。

　　黄韵云很聪明,这次安排既为了工作,又让他们在工作中产生感情,这是黄韵云对于高山峰感情阻挠的第一步。高山峰还是有任务在身,而且并不轻松,他便没有想那么多。

　　由峰韵投资开发、海纳百川公司入股的卫城房地产开发项目进入接洽阶段,卫城市政府非常欢迎两大公司来开发房地产项目,一来可以解决许多人的就业问题,二来可以繁荣市场,改善居民生活条件。

　　高山峰和陈圆圆带着相关的工作人员一起来到卫城。

　　火车上,高山峰闭上眼睛睡觉,陈圆圆把随身携带的毯子给他盖上,高山峰醒来,说:"谢谢。"

陈圆圆说:"山峰哥,卫城的那块地,我们这次去能不能拿下?"

高山峰说:"董事长已经看好了这块地,就等着政府拍卖。"

他们来到了卫城,卫城国土资源局的人热情地接待他们。

高山峰想去看看这块地,国土资源局派人带他们去看。高山峰看着这个靠山的城市,规模不大,很多产业都是刚起步,没有大都市那种繁荣的景象。但是,城市看起来整洁,卫生环境不错,街道两旁的行道树郁郁葱葱。不远处有一座山在城市的东南面。高山峰不得不佩服母亲的眼光,这个还待发展的城市对于公司而言,是一个非常好的机遇,如果能在这个城市开发出一片天地,公司规模会更上一层楼,母亲英明。

汽车驶进一片城中村,他们下了车。高山峰观察了一下,走出城中村,前面就是城市主干道,走一会儿,就是市中心,这个地势特别好。但是能看出来,城中村里住着鱼龙混杂的居民,要想把他们都摆平,还是很难办的。

他们越往里走,环境越不好,垃圾遍地,苍蝇满天飞,有妇女带着孩子经过,说着听不懂的方言。

陈圆圆说:"这环境太需要改造了。"

卫城国土资源局的人说:"是的,我们就是希望你们来投资,改造我们的城市环境和人民的居住条件,这种环境对孩子教育很不利。"

"我们也需要你们的全力支持,只有我们一起合作,才能把社会环境变得更好。"高山峰说。

"是的,我们一起合作,把城中村变成花园洋房。"卫城国土资源局的人说。

高山峰一行人离开城中村,来到市政府办公厅,洽谈土地拍卖事宜。

峰韵公司和海纳百川公司这次联手合作非常成功,他们很顺利地拿下这块土地。

高山峰和陈圆圆把事情办好后,先离开了卫城,留下双方的项目经理。后续还有很多事宜,高山峰想还会有很复杂的事等着他们处理,这次先回去,下次再来。

高山峰把这个好消息告诉黄韵云,黄韵云说:"这次做得很漂亮,接下来的程序还很烦琐,房屋拆迁和进度你还要跟进,这个项目由你主管。"

"好,谢谢董事长信任我。"高山峰自信满满地说。

"和圆圆相处融洽吗?"

"妈,我把圆圆当妹妹,你不要太操心我的个人问题,我把事业做好,自然会给你把儿媳妇领回家。"

"什么？你以为什么人都能做我媳妇吗？圆圆是最佳人选,我们这个项目多亏陈洪海帮忙,否则,公司没这么多资金周转。"

"我已经有女朋友了,我非常爱那个女孩。"

"我已经听说了,你改天把她带给我看看。"黄韵云瞪着他说。

高山峰说:"好,你会喜欢她的。"

林以珊的诱惑

唐子臻满面春风地从北京回来了,一看就知道她考得不错。

"怎么样?没问题吧?"苏子涵问。

"应该没问题。"唐子臻面带笑容。

"这次蛮幸运,徐向华介绍的那位老师正好是评委,我们要好好感谢一下徐向华。"唐文彬说。

"业界人士真是不一样,认识的人都是高层次的,子臻要不是跟从这个老师,真不一定能考上。"林秀说。

"打铁还需自身硬,光认识人有什么用?自己没实力,别人才不会看你一眼。"唐文彬说道。

"那是,子臻钢琴弹得也好,再碰上对的人,事情才能事半功倍。"林秀补充着。

苏子涵说:"那考中央音乐学院应该有把握了。"

唐文彬说:"已经做了两手准备,把视频材料寄给了美国的伯克利音乐学院,应该会录取一个。"

唐子臻说:"爸,如果两个都录取,我上哪一个?"

唐文彬大笑："你这么自信啊,如果真的两个都能考上,就上美国的伯克利音乐学院,那毕竟是世界顶级的音乐学院。"

"太好了,我要去上世界最好的学校。"唐子臻说。

全家人都为唐子臻鼓掌。

晚上,唐文彬洗完澡出来,拿起手机,看到林以珊发来的短消息："子臻考得怎么样?"唐文彬回复："还不知道,成绩要20天后才能知道。"

林以珊："祝成功!"

唐文彬："谢谢!"

林以珊："我想你!"

唐文彬心一动,脸一热,不知道怎么回复。他立刻把林以珊的短消息删掉,但是心中的情怀久久不散。

两天后,林以珊发来一个消息："宣传部在电视台做的宣传片已录好,今天送过去给你看一下。"

唐文彬回复"好",他心里还是有所期待。

林以珊明知道唐文彬是有妇之夫,却还是爱上了他。

当林以珊靓丽地出现在唐文彬办公室的时候,唐文彬竟不敢看她。

林以珊大大方方地说："唐部长,宣传片已制作好,给你过目一下。"

唐文彬故作镇静地说:"好的,我有时间看一下。"

林以珊说:"宣传片一共8分钟,把我市的历史、名人、文教、环境、经济发展全部作了简短的介绍,背景介绍是我主讲的,你看如有不妥的地方,我们再改。"

唐文彬说:"你们做事情,我还不放心吗?"

林以珊说:"那我做事情,你放心吗?"她的眼睛直视唐文彬,等待他的回答。

唐文彬不看她,说:"你做什么事情我不放心? 我挺放心你的。"

林以珊狐疑地看着他说:"你对我不放心,你有意在躲我。"

唐文彬不语。

林以珊继续说:"你是喜欢我的,对不对?"

"以珊,你选错对象了。"

"我爱就爱了,不管那么多。"

"以珊,我们逃脱不了世俗的眼光,不能说爱就爱,你那么优秀,你可以选择更好的。"

"我就选你了,怎么办?"

"这是办公室,不是讨论这个的地方。"

林以珊立场坚定地说:"好,晚上到我家里来,我等你。"

唐文彬看着她,不说话。

林以珊离开。

晚上吃完饭,唐文彬如坐针毡。电视台正播放着林以珊主持的节目,苏子涵说:"以珊姐就是气质好。"

"是的,我也喜欢她,她是市里的名人啊。"唐子臻说。

"上次跟她一起吃饭,她人真好,好有亲和力。"苏子涵说。

"啊?你跟她一起吃过饭?"唐子臻惊讶地问。

"她是我的朋友,下次吃饭我带上你。"苏子涵说。

"好的,好的,一定要喊我,让我看看我们市最漂亮的女主播。"唐子臻说。

唐文彬穿好衣服,对林秀说:"我出去一下,朋友喊我喝茶。"

林秀说:"好,别回来得太晚。"

唐文彬到底还是去了。林以珊几乎扑到唐文彬身上,林以珊吻他,唐文彬抱着她肩膀,并没有拒绝。爱情就像抽烟,令人上瘾。

林以珊穿着那件真丝的吊带裙,肩带很容易滑落下来,露出她白白的、娇嫩的乳房。

唐文彬终于无法抗拒。

"我在爱情面前无法控制自己,别怪我。"林以珊说。

唐文彬搂着她,说:"爱情让人无法自拔。"

"我不管天长地久,但求曾经拥有。"

"也许爱情没有对错,你没错,我也没错,错的是老天的安排。"

"我不相信这世间有绝对的对与错,如果都对了,就不叫人生了。"

唐文彬看着她,吻着她的眼眸说:"你的小脑袋倒是蛮成熟,做了最不成熟的一件事,就是喜欢上了我。"

"我管不了那么多,我要不顾一切地去爱你。"

"可是,你爱我,我给不了你幸福。"

"我只要爱就可以了,就很幸福了,不求太多。"

林以珊满足了唐文彬对浪漫的所有幻想。

唐文彬深夜回到家,客厅里的落地灯还在为他亮着,他每次只要很晚回来,林秀总要把落地灯打开来等他。唐文彬内心充满了愧疚。他宁可林秀不贤惠、不温柔、不顾家,这样他觉得寻找爱情会变得理所当然。

车祸事件

林以珊来到办公室，领导通知她去采访一起严重的交通事故。林以珊准备好器材立即出发。

林以珊来到事故现场，已经围了好多人，肇事车辆已逃逸，留下一个严重变形的车辆，救护车也已经赶来，从变形的车里拉出一家五口人，其中一位老人伤势严重，昏迷不醒。林以珊快速组织语言，开始报道这起严重的肇事逃逸交通事故。

随后，公安局局长沈怀冰也在采访中严厉地指责肇事者，如果不及时投案自首，等待他的将是法律的严惩。

林以珊的采访当天晚上就成了新闻头条，整个城市街头巷尾都在议论肇事车辆的车主真是罪大恶极，电视台的电话一个接着一个，都是一些打抱不平的百姓或提供线索的人员打来的。

第二天，报纸头条就刊登出车祸的报道，用大大的警示字加问号来引起人们的注意。

林以珊走在办公室的走廊上，大家遇见她，纷纷问："车主找到了没有？林以珊,你表现得很好,淡定从容。"

林以珊以笑视之。

林以珊坐在座位上,发了个短信给唐文彬。

林以珊:"看了没有,他们都说我昨天在车祸现场表现得很淡定。"

唐文彬回复:"大气,从容,优雅。"

林以珊回复:"这是你对我最好的评价吗？我喜欢听那三个字。"

唐文彬回复:"✕爱✕。"

林以珊笑笑。

电视台集中员工开会,就这个肇事逃逸事件召开紧急会议。

会上,台长首先表扬了林以珊的现场表现,说林以珊深入第一现场采访,这种精神是值得大家学习的。

台长表示要追踪采访,不能播了前面的,后续没有了。希望大家近期对该事件做好文章,为电视台第一现场节目增加收视率。

会议结束,台长联系交通执法部门追问案件进展情况,没有什么结果。

这时,医院传来消息,伤者已死亡。台长听此消息,迅速让节目组赶往医院,去采访死者家属。

当林以珊赶到医院时,只见死者亲属悲痛欲绝,病房周围围满了记者。林以珊看着这一家人抱头大哭,忽然感觉人的生命是多么脆弱,几天前快乐的一家人,转眼就阴阳相隔,她的泪水也不由得流下来。

回到电视台,林以珊向台长汇报了情况,台长也十分同情死者家属,并组织员工给死者家属捐钱。公安局局长沈怀冰立即召开紧急会议。

沈怀冰在会上严厉批评执法部门:"这件事情影响很坏,对我们公安部门以后的执行工作很不利,迅速查找逃逸车辆下落,几天了,工作怎么还没有进展?"

交警大队队长神情有点凝重,说:"我们已经调出当天的监控视频,是一辆白色的奔驰车,但是发现,他的车牌号码是套牌,具体是哪个部门给他发的套牌,还在查。"

沈怀冰大发雷霆:"你们必须尽快找到逃逸司机。"

沈怀冰下了班回到家,爱人李翠敏也才到家。李翠敏看他脸色不好看,也没有理他。

沈怀冰离开家,感觉心中一阵悲凉,他和李翠敏争执了一辈子,好想结束这段婚姻。可是离婚又谈何容易。

他漫无目的地走着,心中充满了苦闷。这时,正好有一辆车停在了他前面,挡住了他的去路,他抬眼看去,车主从车里下来,殷勤地打招呼:"沈局长好,沈局长一个人吗?还没有吃饭吧?"

沈怀冰笑笑,这位车主是公安局的一个客户,姓王。

沈怀冰坐上了他的宝马车,客户径直把车开到一个装潢豪华的餐厅。在包间酒桌上,沈怀冰侃侃而谈,聊到最近奔驰车撞人事件,他斩钉截铁地回答:"这个很快就会水落石出。"

王客户立刻马屁拍上:"是啊,那个兔崽子也真是不想好了,还不赶快投案自首。"

一瓶酒下肚,沈怀冰已经云里雾里。

喝完酒,王客户说:"沈局长,走,唱歌去。"

沈怀冰想想,与其回家对着李翠敏那张冰冷的脸,不如去放松一下。

王客户把沈怀冰拉到"天上人间"夜总会,里面金碧辉煌,灯光灿烂夺目,俊男靓女穿梭其中。沈怀冰不是第一次来这种环境,他觉得这里可以让人感到兴奋。

王客户安排了几个漂亮的小姐过来,给他端茶倒水,陪他唱歌。

其中有一个长相艳丽的小姐,化着很浓的妆,袒胸露背,她帮沈怀冰擦汗,沈怀冰回头看她,她暧昧地对沈怀冰笑。

一曲结束,那女孩热烈地鼓掌,端起酒杯准备敬沈怀冰,假装一不小心,酒洒沈怀冰一腿,然后那女孩拿纸去擦。沈怀冰忙推托不要,那女孩嘴里撒娇着:"对不起,对不起,都是我不好。"便顺势倒在了沈怀冰的怀里。

沈怀冰带着这个小姐度了一个春宵。

一大早回到家的时候,李翠敏已经准备好早点,她看到沈怀冰回来了,铁青着脸问他:"昨天一晚上你去哪了?"

沈怀冰昨晚满足了一个晚上,今早有点愧疚,带着歉意说:"昨晚去和朋友吃饭,打牌,玩了一个通宵。"

"你说走就走,把家当什么?当旅馆啊?你以为你是局长就了不起了,我爸还是局长呢,也不像你这样。"李翠敏说。

一听这话,沈怀冰十分恼火,他不知道为什么和李翠敏讲三句话就会吵起来,刚刚的愧疚一扫而空,他吃饭的时候,一句话也没说。

沈怀冰憋着一肚子气,来到办公室。

这时,交警大队队长敲门进来,神情严肃,看着沈怀冰。

沈怀冰说:"什么事?"

交警大队队长说:"撞人的奔驰车车主已查到。"

沈怀冰不耐烦地看着他说:"查到了,还站在我这里干吗?还不赶快去抓啊!"

交警大队队长说:"车主是本市市长的儿子。"

沈怀冰低下的头再次抬起来,沉默着。

交警大队队长说:"局长,怎么处理?"

沈怀冰说:"你先出去,让我想想。"

沈怀冰想到监控里,奔驰车开得飞快,足足有100码,在车水马龙的大街上,奔驰车这样嚣张。这个事件在整个城市传得沸沸扬扬,不把奔驰车车主绳之以法,怎么向全市人民交代?可是,他是市长的儿子,把市长的儿子绳之以法,他这个局长的位子还能保吗?

这时,沈怀冰愁眉不展,他突然灵机一动。

沈怀冰拨通了电视台台长的电话,把奔驰车车主告诉了电视台台长。

台长说:"沈局长的意思是?"

沈怀冰说:"奔驰车撞人事件已经全城皆知,当时是林以珊采访的,这个事情,还得让林以珊来结束。"

台长说:"你的意思是找个人代替奔驰车司机?这个行不通,没有人愿意在众目睽睽下被指责。"

沈怀冰约电视台台长详谈。

在"惜缘"咖啡厅的包厢里,沈怀冰约见了电视台台长,两人商讨如何把市长儿子撞人事件大事化小,小事化了。

沈怀冰说:"这件事只能你们出面解决,我这边从中协调。"

电视台台长问:"市长知道这事吗?"

沈怀冰说:"我还不知道他知不知道,你觉得我们是现在告诉他,还是等解决了再告诉他?"

台长说:"还不如现在告诉他,一是让他知道我们在帮他掩饰这件事情;二是让他出面,有些时候他做起来比我们容易得多。"

沈怀冰点点头,说:"我这次约你出来,就是想商讨一个周全的方法,又要让市长满意,让死者家人满意,也要让大众满意。"

台长说:"我明白。"

两个人搅动着手中的咖啡勺,都在思考着。

沈怀冰说:"无论如何,先把受害者家人的嘴堵上,这事一定得让市长知道。"

沈怀冰又说:"死者家人好说,赔钱给他们就可以摆平,就是车主不能曝光。"

台长说:"实在不行,看来我们要去市政府一趟。"

最后,两人一起出现在市长办公室。市长知道了这事,脸上青一阵白一阵,面露尴尬。

沈怀冰安慰市长说:"市长,这个你放心,我们来的目的就是请示您该怎么处理这件事。"

三个人商讨了几个钟头,沈怀冰和电视台台长离开了市长办公室。

两个神秘人来到死者家里，拿着一个黑色包，包里放着现金。

当他们说明来意后，死者的爱人不接受现金，口里骂道："你以为钱可以买来我老头子的命吗？我要那个司机偿命。"

死者的儿子和儿媳让母亲不要激动，凡事好商量。

神秘人说："老太太，你先不要激动，车祸撞人事件是一命还不了一命的，只能是判刑有轻重之分。"

死者的爱人说："那也要让他判刑，让他还我老头子的债，不然，我怎么向我九泉下的老头子交代？"说完，哭得死去活来。

死者的儿子问神秘人，说："谁让你们来的？要给我们多少钱？"

神秘人没有回答他第一个问题，只是告诉他包里有一百万。

死者的爱人依然不停地痛哭，对神秘人吼着："还我老头子的命！"

她儿子说："妈，人死不能复生，你不要太难过了。"

她媳妇也劝说："妈，冤冤相报何时了，得饶人处且饶人，那个车主一定不是存心撞上来的。"

经过几个人的合力劝说，他妈的情绪平稳下来，慢慢开始接受现实。

两个神秘人翻山越岭来到一个山沟里,看中了一户贫穷的人家,他们拿了一包钱放在那户人家油腻陈旧的大桌子上。男主人便跟着两位神秘人来到了城里,神秘人带他去洗了澡,理了发,买了衣服和眼镜,乔装打扮一番过后,这个男人立刻变成了奔驰车车主。

沈怀冰打电话给电视台台长,说:"我这边都准备好了,林以珊那边你来安排。"

电视台台长说好。

林以珊被台长叫到办公室,台长把准备好的稿子递给林以珊,说:"马上录一下,就按这个稿子讲。"

林以珊狐疑地看了一下稿子,说:"是奔驰车事件吗?车主抓到了吗?"

"抓到了,到时你去录一下,按这个稿子讲完,这件事情就算结束了。"

"台长,这个稿子我不讲。"

台长看看她说:"为什么?"

"来龙去脉我都搞不清楚,你让我背稿子,我们这个节目是《第一现场》,第一现场里有当事人,事情本身,还有场地,必须保持真实性。"

"是有当事人,事情还是那个事情,场地到时节目组会去录制现场。"

"台长,不是我不想录这个节目,而是我觉得你没有把事情的真相告诉我,我说出来的内容也不会生动,效果出不来,不如不讲。"

台长沉默了两秒钟,说:"节目之前是你采访的,所以这次还是你来采访,这样才算结束,有一个完美的结果。"

"真相为什么不能告诉我?"林以珊严肃地看着台长。

"你不需要知道得太多。"台长也同样严肃地看着她。

林以珊坚持不知道真相就不录节目,台长只有告诉她事情的来龙去脉。林以珊很惊讶,问道:"如果有其他家记者把事情真相披露出来,我们都无法收场。"

"这个你放心,我们都想好了,只要当事人不追究,其他记者报道的新闻就没有价值。"

"我不做这期节目,我从来没做过这种欺骗性的新闻。"

台长很严厉地说:"你是媒体人,我是台长,我让你播,你就要播。"

林以珊也很有个性地反驳道:"正因为我是媒体人,所以我才不做一个播假新闻的媒体人,这是我的职业操守。"

"好,林以珊,你会后悔的。"台长说。

最后,台长换了一个新人来播。节目播出以后,全市一片哗然,原来奔驰车车主的真面目是这样的。

事件终于尘埃落定。当天晚上,台长约沈怀冰出来喝茶。

台长说:"终于录完了,我们两个辛苦了。"

沈怀冰说:"希望事情就此结束。"

台长说:"时间会让一切都很快结束,人都是很善忘的,所有的新闻都会成为旧闻,那个时候就安全了,放心吧。"

沈怀冰这时电话响起,是市长打过来的。

市长说:"感谢你们俩的救命之恩,这份感谢,我会记住的,有情后补。"

沈怀冰说:"为市长效劳,我们义不容辞。"

第二天上班,林以珊就被通知调往县级电视台,林以珊大怒。她找台长理论,台长对她说:"你需要到下面锻炼锻炼了。"

林以珊心里清楚,这就是得罪台长的结果,但是,她绝不会善罢甘休的。

唐子臻终于被中央音乐学院录取了,同时也被美国的伯克利音乐学院录取。当听到这个消息的时候,全家都沸腾了,尤其是唐文彬,这么多年的心愿终于实现了,唐子臻就是他最好的作品。

唐文彬看着这个女儿满意地说:"子臻,两所学校,你选哪一所?"

唐子臻说:"一所是中国最高的音乐学府,一所是世界最高的音乐学府,我两个都想上。"

林秀说:"你要好好选择一个最适合自己的学校。"

苏子涵说:"妹妹,上美国的吧,美国的学校世界都承认。"

唐文彬说:"子涵说得有道理,还是上伯克利吧,全英文教学,世界通用。"

唐子臻说:"啊,我又要挑战英文了。"

苏子涵说:"妹妹,好好学,争取做中国的理查德·克莱德曼。"

唐子臻说:"姐,不要给我太大压力,我要放松,放松。这么多年辛苦的弹琴生涯,让我好好休息一下。"

唐文彬说:"子臻,暑假你可以休息一下,等到了大学里,迎接你的又是新的挑战。"

唐子臻很无奈。

唐文彬的电话响个不停,大家都来恭贺唐文彬培养了这样一个优秀的女儿。鲜花与掌声从来都是和辛苦与汗水成正比的,只有唐文彬知道,其中付出的艰辛和努力。

吃完中午饭的时候,唐文彬接到了林以珊的电话,林以珊在电话里说有事要与他商量,让他下午来家里一趟。

唐文彬答应了。

唐文彬离开家的时候告诉林秀:"我下午与朋友聚会,会晚一点回来。"

林秀丝毫没有怀疑,全家人都洋溢在成功的喜悦里。

林以珊一看到唐文彬,就扑到唐文彬怀里,伤心地哭起来。唐文彬心疼地抚摸着林以珊的脸,问:"怎么了?发生什么事了?"

林以珊把奔驰车事件的前前后后全讲给唐文彬听了,唐文彬听后,在她耳边轻声说:"宝贝,受委屈了,一切都交给我。"

林以珊依偎在唐文彬怀里,说:"我越来越离不开你,无论我在外面做多么强的人,在你面前只想做个小女人。"

第二天上班,唐文彬便打电话给电视台台长约他见面。电视台台长立即答应。因为唐文彬是宣传部部长,是电视台的直接领导,所以台长还是敬他三分的。

电视台台长很快出现在唐文彬办公室,唐文彬很客气地跟他打招呼,叫秘书给台长倒茶。

唐文彬先说话了:"最近电视台的节目做得很不错,反响都很好,台长你领导有方。"

台长说:"哪里,哪里,还望唐部长您多多关照。"

唐文彬说:"尤其是《第一现场》我特别喜欢看,都是发生在身边的事,这个节目,老百姓最关注,百姓关注的才是好节目,收视率才能上去。不过,最近发生的那个奔驰车事件到底是怎么回事?"

台长说:"车主投案自首了,案件还在审理中,估计车主赔了不少钱给受害人家属,部长您没看吗?我们的节目都播出过了。"

唐文彬说:"噢,是这样啊,那一期我就没看了,不过,我听人说了,此车主非彼车主。"他试探地看着台长。

电视台台长一阵紧张,刚喝到嘴里的茶,忍不住呛出来,不停地咳嗽。

唐文彬说:"慢点喝。"

台长说:"有点烫。"

唐文彬接着说:"我希望台长能够坦诚对我说出这件事的始末。"

台长稳了稳情绪,说:"唐部长听谁道听途说,这么大的新闻谁会乱报?"台长心想,这件事是市长的事,有市长撑腰,你唐文彬算什么?

唐文彬说:"这条新闻已经过去了,但是,如果再翻出来,也不是没有可能的,如果我派人查出车主的真实身份,台长你要吃不了兜着走。"实际上,唐文彬已经派人去查了。

台长依然自信地说:"唐部长,您不要听小人在背后说三道四,事情都已经结束了,不知道唐部长再翻出来有何用意？"

唐文彬说："真相是无法掩盖的。"

台长说："这就是真相。"

唐文彬看着台长，点点头说："好。"

台长也回敬地看了一眼唐文彬，离开了。

台长走出唐文彬的办公室，就给沈怀冰打了个电话，说："唐文彬知道了这件事。"

沈怀冰说："怕什么？这件事牵扯到市长，他还能不给市长面子？"

这时，唐文彬派去查此事的人已经传来消息："曝光的奔驰车车主是顶替的，真正的车主是市长的儿子。"

唐文彬说："好，我知道了，辛苦了。"

唐文彬发誓一定要让事情真相大白，他最恨这种顶包事件，市长的儿子也要一视同仁。

台长和沈怀冰立刻赶到市长办公室去汇报，市长说："看他想怎样，不管他，我们静观其变。"

唐文彬真的出手了，他把顶包的奔驰车车主的真实材料准备了一份，还派人特意去了一趟他家，山里人胆子小，被一吓就全部和盘托出，赶紧把钱交出来。

他们又去了死者家，死者家属不知什么情况。

死者的儿子说："你们来了一拨又一拨，想干吗？我们是想息事宁人,你们不要再来骚扰我们。"

唐文彬派去的人说:"我是要给你们讨回公道,所以希望你们配合。"

死者的媳妇说:"请你们离开,我公公死得已经够冤的了,你们三番五次来骚扰,还想让他在九泉之下不得安生吗?"

唐文彬派去的人说:"要是你们姑息养奸,你父亲在九泉之下才更不得安生。"

死者的爱人又哭了,说:"我家老头子死得冤啊,你要替我们做主啊。"

唐文彬派去的人看死者爱人想法同家里人不一样,便紧紧抓住老太婆的心,终于让死者家属同意松口。

唐文彬看到这些材料都震惊了,他觉得这不仅是一桩车祸案,还有可能是一桩贪污腐败案。

唐文彬对手下人说:"继续查,看看这些钱的出处。"

唐文彬的手下最后查出那两个神秘人的真实身份,是光芒股份有限公司的人,光芒公司是公安局的长期客户,老板与公安局局长沈怀冰交往甚密,姓王。

第二天一早,唐文彬就坐车赶往省纪委,把材料递给纪委领导。纪委领导一看此材料,感觉事件重大,立即召开紧急会议。

当省纪委的工作人员出现在市长、沈怀冰、台长办公室的时候，他们都傻眼了，他们没有料到真的有这么一天，法律面前，人人平等，无论你是市长也好，百姓也罢。

开庭审理的那天，法庭上召唤公安局的长期供应商王客户，王客户紧张得浑身发抖，一五一十地交代，把招待沈怀冰嫖娼的小姐都叫到庭上做证。本来沈怀冰的爱人李翠敏还在到处托关系，看能不能对沈怀冰从轻处理，但是，看到这一幕，彻底崩溃了，她不顾庄严的法庭，指着鼻子骂庭上的沈怀冰："流氓，下贱，你真该坐牢，丢我们全家人的脸。"

沈怀冰像霜打的茄子，头低得埋进身体里，一言不发。

最后，经审判庭审理，市长的儿子被抓捕归案，被判刑十年。

市长因包庇罪，玩忽职守，贪污腐败罪，被开除党籍，解除公职，并被判入狱七年。

沈怀冰和电视台台长也得到了相应的惩罚。

第二天，各大媒体对这件事进行报道，消息一出，街头巷尾都传开了，群众议论纷纷。

林以珊安然无恙。当天晚上，林以珊就要答谢唐文彬，唐文彬没有赴约。唐文彬知道，他们的今天有可能就是自己的明天，而自己在这个位置上每天都是如履薄冰，每走一步都要慎重。

他给林以珊发了短消息:"以珊,我们结束吧,爱本身没有错,只是你爱错了对象,忘记我吧,都不要越陷越深,我有家庭,有女儿,我不想做个失职的父亲和丈夫。"

林以珊看到这条短信,大哭了一场。她知道这是场没有结果的爱情,可是她偏偏爱了,她这个年龄,看中的都是成功男人,成功的男人都有家室。她哭她自己的爱情,她哭她自己以后的路该怎么走。

正好,岭南有个电视台邀请林以珊,她主动要求调走,她也想换个环境重新开始,离开这个伤心的地方。

她离开的前晚,给唐文彬发了个消息:"我明天就要离开这个城市了,可能以后我们再也不会见面,我会永远记得我们曾经爱过,请保重。"

唐文彬内心有不舍,他爱过林以珊,他做不到无动于衷。

唐文彬的幸福生活

唐文彬家最近喜事连连,唐子臻考上美国伯克利音乐学院,林秀带领的文工团因为下基层,表现突出,立了一等功。

唐文彬特意为庆祝林秀的一等功,烧了一桌子菜,一是为了自己的出轨而内疚,好在终于快刀斩乱麻,断了与林以珊的孽缘,回归家庭;二来,为了庆祝唐子臻考上著名音乐高等学府,唐子臻前程似锦,这是唐文彬最值得骄傲的地方。

吃饭的时候,唐文彬说:"子臻,到了国外可要自己照顾好自己,晚上不要跑出去,美国不安全。其实无论是中央音乐学院还是伯克利音乐学院,最终目的都是让你去深造,学到更多东西。"

唐子臻说:"我毕业以后可能不回国呢。"

唐文彬说:"你学成回国是最好的选择,而且,现在的中国在迅速发展,以后无论是经济、文化,中国都会在世界上首屈一指。"

父女两个在斗嘴,在一旁的林秀看不过去了,说:"好了,子臻还没出国呢,不要给她太大的压力,不然她真不回国看你怎么办?"

唐文彬说:"我们还有子涵呢,子涵也是我的女儿啊。等子涵也嫁人了,那我们就真的寂寞了,嗨,女大不中留呀。"

苏子涵说:"爸,子臻不回国,我就不嫁人。"

唐文彬说:"子涵,什么时候把你的男朋友带给我们看看?老爸一定给你把把关,一定不能被人骗了。"

唐子臻说:"听听,你们男人都说男人是骗子,还叫我们怎么找男朋友?难道世界上就没有好男人了吗?我到时给你们带一个老外回来。"

全家大笑,苏子涵更是被唐子臻逗得前仰后合。

吃完饭,唐文彬回房间看书,林秀给他泡上一杯茶,依然是茶的清香,林秀身上有熟悉的香皂味,这就是家的温暖,足矣!

高山峰受伤事件

苏子涵给高山峰发短消息:"你在做什么?"

高山峰回复:"我在想你。"

苏子涵回复:"我想见你。"

高山峰看看表,现在是 8 点钟。

他回复:"好,我来接你。"

高山峰驱车来接苏子涵,苏子涵对林秀说:"妈,我出去一下。"

林秀说:"这么晚了还出去,男朋友过来接你?"

苏子涵嗯了一声。

林秀在后面喊:"不要回来得太晚。"

苏子涵看到高山峰,立马露出了笑容。高山峰把车开到山顶,打开天窗和音乐,高山峰深吻苏子涵,她陶醉在高山峰怀里。

苏子涵告诉高山峰:"子臻考上美国伯克利音乐学院,马上就要出国了。"

高山峰说:"你有一个这么棒的妹妹啊,真是替你高兴。"

苏子涵说:"我们是同母异父的姐妹,子臻比我优秀多了,钢琴弹得很棒,因为她有一个严厉的父亲。"

高山峰说:"噢,原来是这样,那你的继父对你好吗?"

苏子涵说:"还可以吧,但是毕竟是继父,总是有隔阂的,我就是不会像子臻那样跟他亲近。"

高山峰看她有些失落的样子,说:"你也比我好多了,我父母亲很早就离异,我妈也不让我爸见我。现在父亲又成了家,我有好几年都没见过他了,我妈是一个女强人,我小的时候,都是一个人照顾自己,慢慢也就很独立了。"

苏子涵听他这样说,心疼地去抚摸高山峰的头,说:"原来你比我还惨。"

高山峰笑着说:"我从没觉得自己惨啊。"

苏子涵说:"这还不够惨啊?你就像一个孤儿一样,孤独地长大。"

高山峰握着她的手说:"你真是一个善良的女孩。"

两个人一边吹吹风,一边说着情话,他们不知道,此时正有两个歹徒向他们靠近。歹徒已经关注他俩好久,陷在爱情中的高山峰和苏子涵丝毫没有察觉到附近有人。当两个人在看山下风景的时候,两个歹徒拿出匕首,嘴里说着:"不许动,把钱全交出来。"这句话一下惊醒了高山峰和苏子涵。高山峰回头,看到了一个歹徒正拿着匕首抵着自己。苏子涵看到这一幕吓傻了,立刻哭起来,一边哭一边说:"我们没钱,我们没钱。"歹徒说:"你们小两口开着大奔,还说没钱,谁会相信?"

高山峰毕竟是经历过事情的人,他虽然也紧张,但是他尽量保持冷静,他心里想:要是一个歹徒,跟他打斗应该是没问题的,主要是两个,还带着凶器。高山峰说:"我口袋里没钱,我要去车里拿钱。"另一个歹徒说:"那个女的包里呢?"

苏子涵已经有些发愣,高山峰说:"她包里也没有钱。"歹徒叫苏子涵把包拿给他,另一个歹徒去翻苏子涵的包。就在歹徒低头去翻包之际,高山峰一脚把这个歹徒踢倒,苏子涵吓得大叫。看到这个情形,她放下恐惧,也过来帮忙。两个歹徒开始与高山峰交手,苏子涵见状大叫:"你们不要乱来,否则我报警了。"

其中有一个歹徒从地上把匕首拿起,对着高山峰说:"你老实点,把钱乖乖给我交出来,否则我就不客气了。"

高山峰说:"少废话,你以为我会怕你们两个小蟊贼?"

歹徒拿着匕首乱舞,高山峰把苏子涵推到一边说:"子涵,我来对付他们。"苏子涵说:"峰,你要小心。"

歹徒手里的匕首一下划破了高山峰的衣服,高山峰毕竟在国外也学过跆拳道,他瞄准歹徒的手,一脚把他手里的匕首踢飞。另一个见状,直接冲上来就刺高山峰,高山峰躲闪,歹徒左一下，右一下，最终都没有得逞。高山峰又转过来对付这个歹徒，歹徒样子有点胆怯了，连连后退两步，高山峰准备把他按倒。就在这时，刚才被高山峰踢飞匕首的歹徒又捡起匕首，往高山峰身上刺去，这一下刺中了高山峰的后背，鲜血直流。苏子涵见状搬起树下面的一块大石头，往歹徒头上砸去，歹徒的头也被砸破，他用双手捂住头。另一个歹徒看到这种情况，拉着受伤的同伴落荒而逃。

高山峰的后背被鲜血浸透，苏子涵紧张地拉起高山峰，用厚厚的纸巾企图盖住伤口，可是鲜血止不住。苏子涵边哭边说："峰，怎么办？"

高山峰说："去医院。"

高山峰继续开车，这里还是山顶，还要往山下开，高山峰疼痛难忍，车子开得晃晃悠悠。苏子涵说："峰，一定要挺住。"

高山峰说："我会的。"

苏子涵捂住高山峰的伤口，高山峰咬紧牙关，开车往下冲。

终于来到了医院。苏子涵把高山峰扶进医院，挂了急诊，医生见状，叫高山峰速进手术室。

手术室灯亮，医生把高山峰拉进手术室。苏子涵在门外焦急地等待，心里默默祈祷着：峰一定没事，峰一定没事。她不停地哭,回想着在山上的那一幕,又恐惧又紧张,后怕渐渐袭上头,她开始拼命掉眼泪,眼前只浮现出高山峰的脸。

两个小时过去了,手术室灯灭,苏子涵手心攥出了一把汗,医生出来,她急急忙忙地问:"医生,病人怎么样了?"主治医生告诉她说:"幸好没伤到心脏和脊髓,刀伤还没有太深,伤口已经缝合,骨质还需要一段时间愈合,接下来,就要好好调理和休养。"

经过医生这么说,苏子涵终于松了一口气,她看到高山峰上半身绑着绷带,心疼极了,眼泪又不受控制地往下流,说:"峰,这次都怪我,我不该今天晚上叫你出来,我们不出来,也不会遇到歹徒,都怪我。"

高山峰看着子涵说:"你怎么可以这样责怪自己呢?这是意外,谁也料不到。"

苏子涵问他:"疼吗?"

高山峰说:"你说呢?"

苏子涵说:"如果受伤的是我就好了。"

高山峰说:"傻丫头,那样我会心疼死,还是我受伤吧,轮到你来心疼。"

苏子涵看看表,已经晚上 11 点多了,家里电话已经打过来,她告诉林秀:"我有点事,晚一点回去。"

高山峰说:"你回去吧,我让我妈过来。"

苏子涵说:"我来给你妈打电话吧。"高山峰把电话号码给她,苏子涵拨通了电话。

过了好一会儿,电话那头传来高山峰母亲的声音。苏子涵有点紧张,叙述得不太清楚,黄韵云只听到一个女生说高山峰受伤了,在医院里。此时的黄韵云已经躺在床上,听到这个消息一下惊醒,大声说:"在哪个医院?"

苏子涵告诉她医院地址。

黄韵云没有通知司机就自己开车直奔医院。到了医院病房,看到缠着绷带的高山峰,她大惊失色,问道:"儿子,发生什么事了?"

高山峰看到黄韵云,说:"遇到两个蟊贼,跟他们打了一架,就变成这样了。"

黄韵云马上批评他说:"遇到蟊贼,他要什么,你给他就是了,干吗跟他打架?你是总经理,你受伤了,谁来顶你?"

高山峰不说话。黄韵云看了看站在旁边的苏子涵,上下打量了她一下。苏子涵轻声地喊了一声"阿姨",看到高山峰的母亲,苏子涵觉得这样一个气场强大的女人,在她面前,子涵是紧张的。她在想,这种见面的场景多尴尬啊,她曾经想象自己穿着光鲜亮丽地出现在高山峰的家里,让他妈喜欢。谁也没想到,会是这种场景,在医院里,她会不会责怪自己没有看好高山峰?

高山峰对黄韵云说:"妈,这是我女朋友苏子涵。"

黄韵云看了一眼,没有任何反应。

苏子涵对高山峰说:"峰,那我回去了,我明天再来看你。"

高山峰说:"你等一下,我喊司机过来送你,这么晚了,你一个女孩子不安全。"

苏子涵说:"没事的,我自己搭的士回去。"

高山峰看着黄韵云,希望黄韵云能同意。黄韵云拿起电话拨给司机,叫他过来一趟,高山峰感激地看着他妈。

苏子涵也说:"谢谢黄阿姨。"

苏子涵回到家,刚刚面临了一场生死劫难让她浑身疲倦极了,匆匆洗了个澡,倒在床上就睡着了。

第二天,苏子涵去医院看高山峰,黄韵云也在。苏子涵买了花和果篮,她跟黄韵云打招呼,黄韵云并没有多热情,但是出于礼节,黄韵云也并没有多排斥她。黄韵云一直不同意高山峰与别的女孩谈恋爱,她心中有最好的人选,就是陈圆圆,她需要联手陈圆圆家把事业做得更大、更稳。再者,陈圆圆也是大家闺秀,见多识广,长相大方,性格泼辣,讨人喜欢。所以,她对苏子涵的存在感到可有可无,没有把她放在心上。

高山峰感觉自己的妈在场,苏子涵在她面前极其不自然。苏子涵尽量保持稳重,和高山峰之间没有太多话语,只是帮他削水果、拿纸巾、递东西,默默地做着她该做的事。

一个电话响起,黄韵云离开。高山峰和苏子涵这才松了一口气,苏子涵对高山峰说:"你妈好像不喜欢我?"

高山峰说:"怎么会,我妈就是那个样子,她对下属也从来都是很严肃的。"

苏子涵说:"真是糟糕,昨天那么狼狈地出现在你妈面前,她对我印象肯定不好。"

高山峰看看她:"这么在意在我妈眼里的感觉,是不是要急着嫁给我?"

苏子涵的脸一下红了,说:"去,去,去,我才不会嫁给你,追我的人还多着呢。"

高山峰假装生气道:"都是我的人了,还这样不在乎我的感受。"

苏子涵朝他身上打去,高山峰哇哇叫道:"小姐,我是受伤者,你轻点。"

苏子涵才后悔地捂紧了嘴巴,一个劲儿地道歉说:"啊……我忘了,我忘了,疼吗? 对不起,对不起。"

这时医生走过来,笑着说:"恋爱中的男女,疼也是幸福的。"

苏子涵害羞起来,然后问:"医生,绷带需要多久才能拆?

他何时可以起来活动活动？需要吃点什么让伤口好得更快？"

医生说："你放心，再过几天就可以坐在轮椅上出去吹吹风了，但是后背尽量不要触碰到，要保证伤口不要压迫到，至于伤口怎么样好得更快，我相信只要你出现，你男朋友的伤口会愈合得更快，这比吃什么都好。"

旁边的护士听得都哈哈笑起来。

高山峰对苏子涵故作撒娇说："听到没有，我受伤的日子，你一定要好好伺候我，天天来看我，这样我才能好得快来。"

苏子涵羞得不讲话。她也想天天都照顾他，只是她的妈妈愿意让我照看高山峰吗？他们还没有结婚，还不知道能不能成为高山峰家的人？

苏子涵觉得经过那次发生关系以后，她已经是高山峰的人了，她内心已经把高山峰当作老公，高山峰也已经把她当作自己的老婆。

高山峰受伤这段时间，苏子涵给高山峰煲汤送水果，俨然一副小女人的贴心。

这一天，苏子涵又煲了一锅猪蹄汤，林秀问她："哟，现在变得这样贤惠，整天煲汤给谁喝？你上班需要这么补吗？小心越喝越胖。"

"妈,你要不要喝?反正煲得多,我给我一个朋友送去,他受伤了。"苏子涵发生什么事都不爱讲,上次他们俩遇到歹徒的事她什么也没说。

"你舅舅明天要来我们家。"

"舅舅来玩吗?"

"可能是有点事吧。"

"好久没见舅舅了,还记得上次跟子臻一起去古平镇,丢了钱包,舅舅派人找了回来,舅舅那个威风呀,让我立刻就有了安全感。"

"你舅舅早已经转行做正事了,现在还发财了呢。"

"是吗?真想象不出舅舅现在是什么样子的。"

苏子涵因为高山峰受伤的事,已经连续请假。方家伟很不高兴,这种私人企业,最见不得人老是请假,从来不养闲人。好在苏子涵的背景,方家伟都知道,高山峰也算是方家伟的朋友,就这样,方家伟也不想给苏子涵白发工资。

苏子涵拿着猪蹄汤来到高山峰的病房,迎面撞上黄韵云和一个漂亮的女孩子。苏子涵感到有点不知所措,连忙和她们打招呼。看到那个漂亮女孩也在忙前忙后,声音嗲声嗲气,一口一个山峰哥地叫。

倒是高山峰大大方方,对苏子涵介绍:"这是陈圆圆。"对着陈圆圆介绍:"这是我女朋友苏子涵。"

就这句话,在黄韵云面前,给了苏子涵一颗定心丸。陈圆圆脸上明显不快活,但很快消失。马上对黄韵云嗔怪道:"黄姨,山峰哥何时找的女朋友,我怎么都不知道?我们俩算是青梅竹马,我都没找男朋友,就是为了等山峰哥。"

苏子涵脸上青一阵白一阵,这话一说出,她马上就知道陈圆圆的身份了,一个喜欢高山峰的女孩,可能还是高山峰家的世交。

黄韵云开口安慰陈圆圆:"我没有同意,他们之间我不承认。"

"噢,原来是这样,那我就放心了。"陈圆圆一副胜利者的姿态看着苏子涵。

苏子涵有强烈的自尊心。这时,她感到浑身不自在。

高山峰说:"妈,我和子涵之间是真心相爱,谁也阻止不了。"

黄韵云不说话,似乎刚才的那一句话掷地有声,她不需要解释,别人也辩驳不了。

苏子涵把煲好的猪蹄汤盛好递给高山峰,然后对高山峰轻声说:"你喝吧,喝完我就走了。"

高山峰感觉黄韵云的那句话很对不住苏子涵,便对她说:"子涵,你不要放心上。"

黄韵云对陈圆圆说:"圆圆,你喂一下山峰,他胳膊抬不起来。"

陈圆圆高兴地答应,嘴里还说:"你这么不小心,怎么把自己伤成这样,打不过歹徒,你不会跑啊。"

高山峰左右不是,他现在这个情况,行动不便,任由他人摆布。

苏子涵坐在另一个病床上,看着陈圆圆故作甜蜜地喂着高山峰。

"山峰哥,你还记不记得,你小时候到我家去玩,然后不小心把水洒在地板上,自己摔了一跤,黄姨看到后,还把你打了一顿。"

"然后,山峰委屈的眼泪水硬生生地给憋回去了,我是又心疼又生气,然后,拎着他就回家了。"

"黄姨,你对山峰哥就是太严厉了,难得他在你高压的政策下还能健康成长,真是委屈了山峰哥。"

黄韵云回忆着高山峰小时候,那个又调皮又捣蛋的小男孩现在成人了,她呵呵笑着。

他们自顾自地回忆着小时候的往事,没有把苏子涵放在眼里。苏子涵看着高山峰把汤喝完,收拾好汤锅后对高山峰说:"我这一段时间全都在请假,你如果有人照顾,我就上班去了。"

高山峰无助地看着苏子涵,说:"那你先走吧,我回头再跟你联系。"

苏子涵坐在出租车上,眼泪哗哗地往外流。她不知道,高山峰身边还有个陈圆圆,高山峰从来都没有提起过她,陈圆圆的出现让她有种被掠夺的感觉,她是要跟她抢高山峰的,高山峰的母亲黄韵云好像很支持那个陈圆圆,原来爱情这么不简单,她开始觉得他们之间这段爱情没有那么轻松了。

舅舅来了

苏子涵回到家,便看到舅舅和舅妈已经过来了,舅舅坐在客厅的沙发上。全家人都看到苏子涵满脸不开心。

林秀问:"怎么了,上午出去还兴冲冲的,谁欺负你了?"

唐子臻问:"姐,你的汤被喝完了,却哭着回来了,一定是你的那个男朋友欺负你。"

苏子涵的舅舅霸气地说道:"小涵,舅舅正好在这,谁敢欺负我的外甥女,我去收拾他。"

苏子涵无力地笑笑,走进自己房间,把门关上。

苏子涵的舅舅和舅妈这次过来,是想把镇上开的古玩店搬到城里来,这几年苏子涵的舅舅和舅妈在古平镇经营了一家古玩店,挣了不少钱。古平镇毕竟市场小,全靠旅游的那些人,而且镇上的古玩店开得越来越多,那么小的镇,就有十几家古玩店,参差不齐。旅游者们常常买到假货,然后回来吵架。

苏子涵的舅妈精明,能干。她对林秀说:"姐,你不知道,镇上的古董古玩店里什么都有,我们镇上的人真是越来越有钱,你看那么小的镇,街上跑的都是宝马、奔驰。"

苏子涵的舅舅接着说:"市场也基本饱和了,很多挣到钱的人都出去做生意了。"

林秀说:"古平镇的人现在这么有钱了,每次回去都没待几天,妈还好吗?"

苏子涵的舅妈说:"妈,身体硬朗,她现在哪都不想去了,古平镇空气好,风景好,住那的人都会长寿的。"

苏子涵的舅舅说:"姐,听说你小时候那个好朋友黄韵云在市里做生意做大了。"

林秀一听到黄韵云这个名字,马上就感到心悸,她甚至觉得这个名字会把她拉入深渊,她不想触碰那些糟糕的回忆。

林秀顿了顿说:"好像是,我也听说了,没有跟她联系过。"

苏子涵的舅妈这时从包里掏出一个大红包,递给唐子臻说:"子臻,舅舅、舅妈也不给你买什么礼物了,这个红包里有5000块钱,你带到国外去花。你妈年轻的时候就是喜欢音乐,这下终于出了一个音乐家了。"

林秀说:"才刚考上音乐学院,离音乐家还有十万八千里呢,要想成为音乐家,还有很长的路要走呢。"

苏子涵的舅妈说:"那可不一定,我们子臻有潜力着呢。"

林秀说:"给她包了这么一个大红包,看来真是有钱了。"

苏子涵的舅舅说:"这次来还要拜托姐夫,帮我找个合适的门面,要风水好,聚财气。"

林秀说:"你姐夫中午回来吃饭,你们谈。"

唐文彬中午回到家,看到了苏子涵的舅舅和舅妈,一向能说会道的舅妈,对唐文彬说:"姐夫,你怎么又年轻了呢,时间在你这里停止啊。"

苏子涵的舅舅说:"人家是文化人,有品位,有内涵,姐夫就是帅。"

林秀说:"行了啊,再捧他,他就不知道姓啥了。"

唐文彬哈哈大笑说:"今儿什么风把你两位吹来了,还带来了小蜜蜂,都抹着蜜来的。"

苏子涵的舅舅说:"我们是顺着南风就来了,怎么样,最近工作还顺利吧。"

唐文彬说:"顺利,顺利。"

苏子涵的舅舅把想在市里开古玩店的事详细叙述给唐文彬。

唐文彬想了想说:"我帮你打听打听哪块地是风水宝地,虽说市里有古玩城,但是古玩城里也有旺铺衰铺。"

苏子涵的舅舅听唐文彬这样一说,就知道姐夫是懂行之人:"姐夫,这事就拜托给你了。"

唐文彬这几年倒是也收藏古董、字画，对于小舅子这个生意，他是大力支持，也希望给他找到旺铺。

林秀已经烧了一桌子菜，喊苏子涵出来吃饭。

苏子涵的舅妈说："姐，你真是好福气，两个女儿都生得水灵漂亮。"

苏子涵的舅舅说："也不看她妈是谁，那可是我们镇上的第一大美人。"

林秀说："别大美人了，都老了。"

唐文彬说："你姐现在在我眼里也是大美人啊。"

苏子涵的舅妈说："看看，人家这才叫夫妻。上回，我在镇上骑摩托车，一不小心掉到沟里了，回来的时候，我满身污泥，告诉林刚，你猜人家说什么来着？"

唐子臻说："舅舅一定心疼死你了。"

苏子涵的舅妈说："他居然看都不看我，当时我真是心凉了。"

大家听完苏子涵的舅妈绘声绘色地描述完，都哈哈大笑起来，苏子涵的舅妈显然已经不再伤心，但是在当时，可能只有当事人知道那情境下的失望。

苏子涵的舅舅也跟着笑起来，说道："摩托车是新的，你已经是旧的了。"

苏子涵的舅妈说："你这个没良心的，摩托车才值几个钱,这个家没有我能转吗？我才是无价之宝。"

苏子涵的舅舅说:"那是,那是,咱家这个古玩店没有你,就没有今天。"

林秀说:"你那古玩店有没有赝品？"

苏子涵的舅妈嘿嘿地笑道:"谁家的古玩店没有赝品,都是以假乱真,主要看客户懂不懂。"

唐文彬说:"收藏古玩的大多非富即贵,即使他们有时买到假货,也不会太计较。"

苏子涵的舅舅说:"不过,这个东西就像投资做生意,买到真品,一转手真的能赚到。"

唐文彬说:"现在的古玩哪一种最好卖？"

苏子涵的舅舅说:"字画不是很好卖,买家大多从书法家、画家手里直接买,不经过第三方。木材真的好卖,收藏者大多喜欢收藏名贵木材,最普通的收藏者喜欢红木,有钱一点的收藏紫檀木、乌木,店里的木头手链、佛珠卖得最紧俏。"

唐文彬问:"你都从哪进货？"

苏子涵的舅舅说:"从全国各地淘,有时会去东南亚那些国家,从当地华人家里买,真的能买到很多各种各样的古玩,有的家里不富裕的,急卖的,就能买得很便宜,回来卖个好价钱,那就能赚得多。"

苏子涵的舅妈说:"他有时一出去,都十天半个月的,店里全靠我。"

苏子涵说:"舅舅舅妈真是一对勤劳的夫妻。"

林秀说:"那小权呢?你们两个都过来,小权还在上高中,他怎么办?"

苏子涵的舅舅说:"门面一找到,我们就打算在市里买套房,到时让小权到市里来上高中。"

唐子臻说:"太好了,舅舅,以后我们就在一个城市了,你买的房子要离我们家近,我们两家就可以常来往了。"

大家一致拍手叫好。

爱情不容易

苏子涵有一个星期没去看高山峰了,高山峰那天晚上给苏子涵发了一个短消息:"子涵,我爱你,这是任何人都阻止不了的。"

苏子涵回复:"你妈不同意,我们之间得不到祝福,这样你会很难过。"

高山峰回复:"爱情是我自己的事。"

苏子涵回复:"爱情从来都不是自己的事。"

高山峰回复:"你不来,我的伤口会好得很慢。"

苏子涵发了个鬼脸算是回复。

第二天,苏子涵还是忍不住去医院看望高山峰,病房里就高山峰一个人,她松了一口气,高山峰看到苏子涵过来,脸上立刻笑容满面。

苏子涵说:"这些天,你伤好些了没?"

高山峰说:"你不来,我的伤怎么能好呢?"

苏子涵说:"贫嘴,我看你好多了嘛。"

高山峰说:"就是不能用力,绷带过几天就可以拆了。"

苏子涵说:"那个陈圆圆天天都来吗?"

高山峰说:"我把她当妹妹的,你不要怀疑,那都是我妈的意思。"

苏子涵说:"你妈不喜欢我。"她把声音放低,感到有些沮丧。

高山峰看着苏子涵这个样子,感到心疼,他说:"我妈会喜欢你的,慢慢来。"

苏子涵扶着高山峰去医院的花园里走一走,迎面撞上陈圆圆。陈圆圆穿着一条收腰连衣裙,精干的短发,显得很活泼。她看见苏子涵扶着高山峰,脸马上沉下来,咄咄逼人地说:"你来黄阿姨知道吗?"

高山峰马上回击道:"圆圆,你不可以这样子对子涵说话,她是我女朋友,而你不是。"

陈圆圆说:"黄姨是不允许你找她的,我们才是最合适的。"

高山峰说:"合不合适,我最清楚。"

陈圆圆说:"只有我们在一起,我们两家才能强强联手,把事业做得更大。"

高山峰说:"我结婚不是为了做生意。"

陈圆圆几乎要哭出来,说:"可是,山峰哥,我喜欢你。"

高山峰说:"我一直把你当妹妹的,那只是你爸我妈的意思。"

陈圆圆说:"你这样说,好伤我的心。"

然后她愤怒地对着高山峰和苏子涵说:"你们不会在一起的。"

说完,她气呼呼地走了。

陈圆圆走后,黄韵云又来了。黄韵云问苏子涵:"你多大了?在哪上班?你家里几口人?"

苏子涵说:"我23岁,在一家台资企业上班,我还有一个妹妹。"苏子涵都一一如实回答。

苏子涵在黄韵云面前是胆怯的,都不敢大声说话。黄韵云本身就带着不一样的气场,让人不敢亲近,黄韵云问苏子涵:"你和高山峰谈多久了?"

高山峰抢着回答:"我们俩谈了两年了。"

黄韵云笑笑,说:"你们怎么认识的?"

高山峰说:"我对子涵一见钟情,我一看见她就被她的气质所吸引,妈,我们是真心相爱的。"

黄韵云说:"最初的爱情都是真心相爱的。"

黄韵云在医院待了一会,就离开了,苏子涵和高山峰都觉得黄韵云这次居然主动聊起天来,没有赞成,也没有反对,是个很好的开始。

玄妙的风水

唐文彬已经委托懂风水的人帮苏子涵的舅舅看了一个门面。门面在古玩城的二楼，朝阳，门面上下两层，当时苏子涵的舅舅和舅妈一过去看，就觉得此间门面风水不错，阳光照着大堂，有一种财富光晕的前兆。楼前是一排走廊，人流如织。

苏子涵的舅舅问："这个门面的房主去哪了？"

唐文彬说："这个店的老板把古玩店经营得很好，不久前移民美国了，好像在美国继续做这行。"

苏子涵的舅舅说："这么厉害，都移民美国了。"

唐文彬说："所以说这个铺还是很旺的。"

苏子涵的舅舅和舅妈，都挺满意。

苏子涵的舅妈说："好，接下来就重新装修一下，把老家的古玩拉过来，择日开业。"

唐文彬说："价格上面你们再谈谈。"

苏子涵的舅舅和舅妈挑了一个良辰吉日，"宝丰堂"古玩店正式开业了，为了庆祝古玩店开业，唐文彬特别做了一桌丰盛的菜,林秀买了红酒。

林秀说:"以后,咱们两家都在一个城市了,我也有个亲戚可以走走,林刚,姐祝你生意兴隆,事业发达。"

唐文彬说:"林刚的古玩店里东西真多,价值连城啊。"

苏子涵的舅妈举起酒杯说:"这次真心感谢姐姐、姐夫帮我们忙前忙后,以后我们都在一个城市,互相帮忙和照应。"

唐子臻说:"你们来了,我却要走了。"

苏子涵的舅舅说:"子臻何时走?舅舅送你。"

林秀说:"再过两天就要走了。"

苏子涵的舅舅说:"到国外,常给家里打电话,晚上没事就不要出去,听说美国治安不好。"

苏子涵说:"子臻,我一定会去美国看你,到时你带我玩哦。"

唐子臻说:"那是一定的。"

苏子涵的舅妈对她儿子说:"小权,你看姐姐好厉害吧,你要好好读书,以后也送你出国。"

苏子涵的舅舅说:"你给小孩那么大的压力干吗?随便他学得怎么样,以后给我照顾古玩店,不也蛮好的。"

苏子涵的舅妈说:"开古玩店能干一辈子吗?万一哪天生意不好,不要转行啊。"

苏子涵说:"开古玩店就是事业呀,奔驰车开着,马上就要买大房子,谁说开古玩店就没出息了。"

唐文彬说:"就是,在这个社会上生存,三百六十行,行行出状元,只要是正道挣钱,就是英雄。"

小权说:"没错,没错,子臻姐以后是钢琴家,我以后就照看我们古玩店,我要成为鉴宝专家,你看中央电视台那个鉴宝节目,那些鉴宝专家个个都厉害,我就喜欢看那个节目。"

林秀说:"林刚,你别看你们家小权,还真的有这方面天赋,你就任由他发展,他以后可有出息了。"

唐子臻说:"小权,当鉴宝专家好啊,中国有那么多宝藏,当个鉴宝专家可以走遍全中国,能看到全中国的宝物,那才叫大开眼界呢。"

苏子涵举杯说:"为我们未来的鉴宝专家干杯。"

苏子涵的舅舅和舅妈临走前,林秀把以前苏不凡家留给她的一件青铜器拿给林刚,叫他拿到店里卖。

林刚说:"姐,这个是苏不凡家留给你的,你应该永远保存,留个纪念。"

林秀说:"我这还有不少,拿过去卖吧。我也不想留太多在身边,苏不凡已经不在了,留太多他的东西在身边,唐文彬嘴上不讲,内心还是会疙疙瘩瘩的。"

林刚说:"这个看起来像清朝的古玩。"

林秀说:"这个青铜器好像是苏不凡的祖上在京城当官,

慈禧年间的,偷偷传下来的。"

林刚说:"姐,你准备挂价多少?"

林秀说:"我也不懂行情,你帮我拿过去鉴定一下吧,这个不大,能不能值10万块。"

林刚敲了敲,摸了摸,声音如磬,摇摇头说:"不止这个价钱,我去鉴鉴看。"

高山峰拆绷带那天,苏子涵又过去了,陈圆圆和黄韵云也过去了。绷带一拆开,医生看了看说:"伤口长得很好,开始可能会有疤痕,不要吃太多酱油,多喝点黑鱼汤。"

黄韵云问:"这个伤口里面的软组织都长好了吧?"

医生说:"还要恢复一段时间,右手臂不要用力,可以每天稍稍锻炼,不能过度。"

高山峰问:"可以开车吗?"

医生说:"可以的。"

苏子涵在帮高山峰收拾东西,陈圆圆急忙去扶高山峰站起来。

陈圆圆说:"山峰哥,过两天大剧院有《天鹅湖》芭蕾舞演出,我们一起去看。"

高山峰不说话。

黄韵云说:"这当然好了,圆圆想得还是周到,山峰,过两天和圆圆一起去看演出,天天在医院闷得慌,去散散心。"

高山峰说:"妈,子涵是我女朋友,我怎么可以和圆圆去看演出。"

苏子涵低头不语。

黄韵云说:"又没结婚,有什么不可以。"

陈圆圆说:"算了,黄阿姨,山峰哥可能还想休息两天,我改天再去约他。"说完,看看苏子涵。

苏子涵每次在这个情景下都不好说话,她每次都觉得自己很被动。

苏子涵这样一想,便鼓足勇气对黄韵云说:"阿姨,高山峰爱的是我,我们是真心相爱的,你不要以为我配不上高山峰,我的自身,我的出身都不比你们家差,我不是高攀,我虽不比陈圆圆那样有家族企业,可是我在一家台资企业做董事长助理,请不要反对我们交往。"

苏子涵这样一说,大家都被惊讶到,原来这个默不作声的姑娘也有发飙的一天。

陈圆圆对大家说:"我还有点事,先走一步。"

苏子涵把高山峰送上车,她也回家了。

黄韵云坐在车上问高山峰:"苏子涵家庭什么出身?父母亲做什么工作的?她自己是什么学历?"

高山峰说:"她家里人我没见过,听说她父亲是政府官员,她自己是大学学历。"

黄韵云说:"可是,山峰,你有没有考虑过,圆圆家如果跟我们联姻,对我们公司的发展会很有利的。"黄韵云执着在这件事上出不来,商人永远要看到有利可图的一面,即便是她的亲人。

高山峰皱着眉头说:"妈,我是真心爱子涵的。"高山峰也永远是这句话来回她。

黄韵云眼睛往窗外看,不再说话。

唐子臻追随音乐梦想

唐子臻明天就要出发了,苏子涵陪唐子臻去超市再买点东西,两人推着推车,在货架上挑着要买的东西。

苏子涵说:"明天就要飞了,估计回来的时候,都要过圣诞节了。"

唐子臻说:"还不知道那边是什么样子,应该不会让我失望吧。"

苏子涵说:"一定不会的,全世界最著名的音乐学府,那里有顶级的老师和音乐设备,我真想去上一节课呢。"

唐子臻听苏子涵这么一说,便也信心满满,说:"是的,我应该要更加努力,学到国内没有的音乐,把东西方的音乐融合,成为我自己的东西。"

苏子涵说:"子臻,你会的。"

苏子涵又接着说:"子臻,你能考上伯克利,多亏了你爸爸,你真幸福,有一个好爸爸。"

唐子臻很诧异地望着苏子涵,说:"姐,我爸不是你爸?"

苏子涵说:"名义上是,但是血缘上不是。"

唐子臻说:"你这话有点埋怨的感觉,爸对你也很好。"

苏子涵说:"是很好。"

唐子臻转移话题说:"姐,下次等我回来,一定要把你的男朋友带给我们看一看,他一定很帅,我们都只看到过背影。"

苏子涵一说到高山峰,马上高兴起来,说:"其实,他也没有那么帅了,只是和他在一起,就觉得很开心,很踏实。"

唐子臻望着她的表情说:"哟,看看,那表情马上变得柔情似水,看来你是爱得轰轰烈烈。"

苏子涵说:"可是,高山峰他妈真的不好惹。"然后,她马上又想到陈圆圆。又喃喃自语道:"爱情又不仅仅只有甜蜜。"

唐子臻说:"你又不和他妈过,只要高山峰喜欢你,不就行了。"

苏子涵说:"那怎么行呢,他脱离不了他妈,他妈如果干涉我们的爱情,那就是一件很麻烦的爱情。"

唐子臻说:"姐,不要气馁,对他妈好一点,总会接受你的。"

苏子涵说:"不要说我了,说说你到了国外,不要给我找个洋妹夫回来,爸妈一定接受不了。"

第二天一大早,林刚开着车来送唐子臻去机场。唐子臻穿戴整齐,垂直长发,已经长成一个浑身洋溢着青春气息和文艺气质的女孩子。唐文彬把唐子臻的东西整理好,盖上箱子。唐文彬要和唐子臻一起去美国的,他还不放心让唐子臻一个人出国。

林秀又啰唆起来了:"子臻,到了国外要天天吃早餐,不然对胃不好""子臻,每天都要打电话""子臻,不要睡得太晚"。

唐子臻说:"妈,姐,你们不放心,可以陪读。"

林刚的车一路往机场赶,那一路的城市风景都曾经是子臻最熟悉的。车里的音乐响起,是一首凤飞飞的老歌《掌声响起来》:

> 孤独站在这舞台
> 听到掌声响起来
> 我的心中有无限感慨
> 多少青春不在
> 多少情怀已更改
> ……

歌声忽然让空气沉重起来,林秀一阵伤感情绪袭来,眼泪涌了出来。

她在那抹眼泪的时候,苏子涵看到了,说:"妈,你哭什么呀?"

唐子臻说:"妈,你要是再哭,我也要哭了。"

林秀说:"女儿养了这么大,一成人,就走这么远,这一出去,以后就不会回到身边来了。"

林刚说:"姐,子臻这考的是世界一流的名校,别人想考也考不上的,人家都羡慕死你了,有啥好伤感的。"

"以后子臻不在身边,听不到钢琴声,心里就会空落落的。"

苏子涵说:"妈,还有我呢,子臻如果以后不在你身边,我陪你。"

林秀说:"以后你们都要嫁人的,你们有自己的家庭。"

唐文彬接着说:"孩子都会远走高飞,你还是指望你的老伴吧。"

唐子臻说:"还是爸最靠得住。"

林秀说:"听你爸说得好听,到时还不是嫌弃我这个糟老太婆。"

唐文彬说:"谁说嫌弃你了,我老婆就是老了,也会是一个美丽的老太太的。"

林秀今天穿戴整齐,特意去做了头发,波浪卷披在肩上,化了淡淡的妆容,喷了香水,就像唐文彬说的那样,虽然已是年过半百,但是一看上去,气质依然优雅。

说得林秀破涕为笑。

机场到了,机场里来来往往的人流,办理登机的,送行的,推着行李车行色匆匆的。每个人都在远方与故乡之间停留,哪一方是故乡,哪一方是异乡,最后都在年轮的痕迹里渐渐模糊,而人们可以选择的是活好每一个当下。

唐子臻在家人又喜悦又感伤的情绪中离开了这个生养她十八年的城市,她在父亲的陪伴下,将飞得更高。

林秀和苏子涵送完唐子臻和唐文彬回到家,家里一下冷清不少,这让苏子涵反而有一些不习惯。这么多年,唐子臻一直是家里的重心,虽然唐文彬和林秀也很爱苏子涵,但是,苏子涵毕竟已经上班,前途都已定型。所以,全家的重心都在培养唐子臻上。

林秀把苏子涵叫到身边说:"子涵,妈妈知道你心里一直都还是有一些意见的,我们对待子臻的培养方式和对你的不同。"

苏子涵说:"妈,我没有。"

林秀接着说:"子涵,你要体谅妈妈,你现在大了,我可以告诉你了。当年我带着你嫁给你继父,有多少人冷嘲热讽,有多少人等着看笑话,无论怎样,我都要隐忍,你继父能接受我们,妈妈就已经很幸福了。你应该体谅妈妈,好在你继父为人善良,我怎么能再要求他像培养亲生女儿一样培养你,无论怎样,都是有差别的。"

苏子涵默不作声,她知道,有些人一生下来,命运就注定了。

林秀说:"不过,子涵,你是妈妈亲生的,妈妈对你和子臻是一样爱的。"

苏子涵说:"妈,你爱继父多一点还是我的生父多一点?"

林秀沉思了一下,说:"你父亲苏不凡给了我今生最美最纯的爱情,他是我的初恋,也是我纯真年龄里对爱情最好的幻想。"

讲这个话的时候,林秀仿佛又回到了和苏不凡相识的当年,眼中充满了对当年爱情的向往。

"那你和父亲是怎么开始的?"

"我们一见钟情。"

"爷爷是镇长,他家允许你们来往吗?"

"允许啊,你妈我条件又不差。"

"那我父亲帅吗?"

林秀说:"你没看他年轻时的照片吗?当然帅了,当年我跟你父亲在一起,你爷爷又是镇长,镇上的人对你爷爷那是顶礼膜拜啊,所以,我跟你父亲谈恋爱,镇上的女孩子又嫉妒又羡慕。"

苏子涵看着母亲讲父亲的模样,好像自己也能感受到父亲的模样和对父亲的思念。在苏子涵模糊的记忆里,父亲留着一个三七分的头型,关上门离开家的背影,高高大大。

苏子涵喃喃地说:"要是他一直在该多好。"

林秀瞬间眼湿,她看着苏子涵说:"命运就是这样安排的,谁也抗拒不了。"

苏子涵说:"妈,你这么爱我父亲,怎么还能再接纳别人?"

"那不然怎么办呢,还能跟着你父亲一起走吗?你还小,生活还要继续下去,幸亏遇见了唐文彬,他肯接受我们,我对他一直很感激。"

苏子涵说:"那你是不是只是感激多于爱情?"

"爱情没有那么完美,人生也没有那么完美的,子涵,不要过分追求完美的东西,那不真实。我爱你父亲,但是他已经不在人世了,我现在同样爱你继父,不仅是感激,有很多因素。爱情并不仅仅包括激情,有感激,陪伴,共同生命的延续,互相之间的包容,最重要的是,他的存在,就是一个家。"

苏子涵似懂非懂,在她心里,如果她失去高山峰,那世界一定会坍塌下来,她不敢想象自己会怎样,这个时刻,她隐约能够感受到母亲的坚强。

苏不凡留下来的青铜器

星期天的早上,林秀正在厨房忙着早餐,苏子涵在房间里梳妆打扮,她今天好开心,要和高山峰出去约会。

家里电话响起,苏子涵去接电话,是林刚打过来的,林刚问苏子涵说:"你妈呢?"

苏子涵喊林秀:"妈,舅舅的电话。"

林秀过来接电话。

林刚说:"姐,你知道苏不凡家留给你的青铜器能卖多少钱吗?"

林秀紧张地问:"多少钱?"

林刚认认真真、一字一句地回答:"能卖200万。"

林秀不敢相信地说:"真的?"

林刚说:"千真万确,姐,这下你发财了。"

林秀放下电话,心绪还没有调整好,脑海中一直回放着青铜器的样子,如果真的值200万,那太好了,也算是苏不凡带给自己的福气了。

林秀告诉了苏子涵,苏子涵问林秀:"妈,这个青铜器会不会有价无市,只值这个价,实际上不会有人买。"

林秀说:"我也不太懂,但是这个青铜器的确是清朝的,你爷爷的祖上在京城当官留下来的,说不定会很抢手。"

苏子涵说:"上次你拿出来,我都没注意看,谁会想到那个破旧的古董那么值钱。"

林秀说:"那可是祖上传下来的。"

苏子涵说:"是啊,真没想到。"

苏子涵和高山峰走在海滨大道上,高山峰握住苏子涵的手说:"你好像瘦了,是不是想我想的?"

苏子涵说:"瘦了,真的吗?那真的太好了。"

高山峰问:"减肥吗?"

"当然,现在的女孩子有几个不减肥的。"

"我还是觉得有点肉肉的比较好。"

苏子涵用眼瞪他,做出愤怒状,说:"你是不是喜欢丰满型的?"

"你浑身上下我都喜欢。"

苏子涵大笑,说:"变得挺快的。"

苏子涵告诉高山峰说:"以前我爷爷家留给我妈的一个青铜器,在我舅舅店里能卖 200 万,想不到古董这个东西这么值钱。"

高山峰说:"真的吗?什么朝代的?"

"听我妈说是清朝的。"

高山峰说:"我妈也喜欢收藏古玩,我对古玩略懂一二。"

"我舅舅就是开古玩店的。"

高山峰问:"你舅舅的店在哪里?"

"在古玩城289号。"

高山峰说:"有机会去看看。"

黄韵云过生日

高山峰和苏子涵一起逛街、吃饭、看电影。每一次约会，苏子涵都觉得时间过得好快。

高山峰也认定今生要娶的人就是苏子涵，他认定她，他爱苏子涵。

晚上，高山峰回到家，陈圆圆一家正在客厅坐着，高山峰礼貌地同陈洪海和王冬梅打了声招呼："陈叔叔、王阿姨好。"

黄韵云说："山峰，你来得正是时候，过几天就是我的50岁生日，我想邀请你陈叔叔一家来，我们两家一起庆祝我这个生日，你看可好？"

高山峰说："当然好了，妈妈邀请谁，我都高兴，大家一起庆祝，气氛更好。"

王冬梅接着说："你家山峰就是孝顺、听话，这要是我的儿子该有多好。"

陈圆圆噘着嘴说："哟，妈妈看来还是喜欢儿子，不喜欢女孩。"

王冬梅扭过头看着陈圆圆，去拉陈圆圆的手。

黄韵云说:"不要急嘛,以后山峰就是你的半个儿子。"

陈洪海和王冬梅两个听了高兴得哈哈笑。

高山峰知道,每次在这种情况下,都是双方父母的一厢情愿,他们越拉拢,让高山峰反而越坚定。但是,表面上,高山峰始终都是一个谦谦君子,不想得罪母亲。

高山峰说:"妈,要么我们到时搞个室外派对,把公司的主要领导层也请过来,更热闹一些。"

黄韵云摆摆手说:"千万不要这么张扬,我主要是想我们自己人在一起热闹热闹,请他们来,事情就变得很复杂了。"

陈洪海说:"韵云,你放心,我们一定能帮你办一个丰富多彩的生日会。"

陈圆圆跟着说:"黄姨,生日当天,我可要好好帮你打扮打扮,让你光彩照人。"

黄韵云脸上立刻现出红晕,说:"我都老了,还有什么光彩,光彩在你们年轻人身上才能看到。"

陈圆圆说:"黄姨,你这种观点是绝对错误的,女人要美丽一辈子的。"

黄韵云说:"还是圆圆会说话,那生日当天,你陪我去化妆,买衣服。"

陈圆圆说:"没问题,我一定会把你打扮得让别人都认不出。"

陈洪海说:"瞧她俩这么投缘。"

王冬梅说:"是的,我都有些嫉妒了,女儿大了,怎么都要嫁出去的,我家圆圆要是给你家做儿媳妇,那我们两家是亲上加亲呢。"

陈圆圆说:"妈,你乱说什么,人家山峰哥是有女朋友的。"

王冬梅看看高山峰,又看看黄韵云,立刻不说话了。场面马上尴尬起来。

黄韵云打破这种尴尬,说:"我就认准圆圆做儿媳妇了,进我们家,必须过我这一关,我看中的准没错。"

王冬梅说:"那就好,那就好。"

高山峰一句话不讲,低头玩手机。

黄韵云说:"山峰,你到时候策划一下,我的生日是在家里过呢,还是到外面过?"

高山峰抬头看着黄韵云,想了想,说:"还是在家里过吧,家里空间也大,方便,不如我们在院子里烧烤,吃完在客厅打牌,看电影。"

陈圆圆一家人与黄韵云相谈甚欢,家里阿姨忙着一会倒茶,一会切水果,乍看上去,这画面非常和谐。黄韵云邀请陈洪海一家来不仅仅为了陈圆圆与高山峰的事情,还有生意上的事情。

在卫城那个房地产开发的项目出现了一点问题,城中村村民赔付按现居住面积的两倍或者不要房产拿现金这两种方式。峰韵公司与海纳百川公司合作成立的卫城房地产开发股份有限公司项目部,峰韵公司投资百分之七十的股份,海纳百川公司投资百分之三十的股份。本来这个赔付比例给得已经相当高了,市发改委也同意以这两种赔付方法,但是,城中村村主任带领村民提出抗议,要按房屋户籍人口来赔付,如果一户有 5 口人,人均给 70 平米,这户就要 350 平米,有的家庭如若不要房产,赔付现金,那是一笔很可观的数字。这个抗议传到峰韵公司,黄韵云感到很棘手,所以她喊陈洪海一家来家里做客。但是,生意场上黄韵云与陈洪海是朋友也是对手,本来成立的卫城房产项目是黄韵云占主导地位,她如果再要陈洪海的海纳百川公司注资,那等于海纳百川与峰韵各占百分之五十的股份,这对于黄韵云来说,当中的很多问题就会显露起来,可是,这个赔付又需要很大一笔钱,黄韵云感到非常焦虑。

黄韵云称请陈洪海一家来为自己过生日,是为了增进感情,她是真心希望陈圆圆与高山峰喜结良缘,两家并一家是再好不过的。接着,她想从陈洪海手里借钱,而不想陈洪海注资,黄韵云又有点难以启齿,所以直到陈洪海一家离开,黄韵云都没有讲,她想,等他们下次来再说吧。

高山峰一直都认为黄韵云这次过生日,是为了撮合他和陈圆圆,他不要做这场婚姻里的牺牲品,他必须坚守他的爱情。

对于母亲的生日,高山峰非常重视,高山峰心里想,除了爱情他不能顺从母亲,其他的他都能给母亲,黄韵云在他心里至高无上,他爱他的母亲。他从小就知道母亲的不易,所以他从不反抗。

高山峰独自一人在大街上走着,他在想送给母亲什么礼物呢?就这样闲逛着,逛到了古玩城。高山峰知道黄韵云喜欢收藏古玩。他忽然灵机一动,生日礼物何不送母亲一个古玩呢?

高山峰想到苏子涵告诉过他,她的舅舅在古玩城开了一个店,具体在哪里,他忘记了。古玩城很大,他仔细看着各个店的古玩物品。不知不觉他逛到288号,下一个就是289号,苏子涵舅舅的店。高山峰并不记得苏子涵舅舅的店就是289号。他刚跨进这个店,就被这个店的装饰吸引,门厅有一个很大的假山,四周环绕着喷泉,流水汩汩从上面流下,发出好听的声音,生意人都知道,水代表财富,流水不断说明财富不断。室内有轻音乐环绕,古玩物品在古董格子架上整齐地放着,角角落落都干干净净,毫无纤尘。老板坐在房间一角,那个就是苏子涵的舅妈。

高山峰环顾四周,一眼看到了青铜器,射灯灯光打在上面,能看出青铜器上的青绿色发出莹润如玉的光泽。这个难道就是苏子涵说的青铜器吗?高山峰心里在想。

高山峰转头去找老板,苏子涵的舅妈走过来,问:"先生,你看中这个青铜器了吗?"

高山峰点点头。

苏子涵的舅妈说:"这个是真品,价格不菲。"

高山峰说:"这个青铜器你卖多少钱?"

苏子涵的舅妈打量着这个年轻帅气的小伙子,穿着一件黄色T恤衫,一条白色西装裤,气宇轩昂,一看就是贵人。

苏子涵的舅妈声音轻轻,说:"250万。"

高山峰想了想说:"200万吧,我送人。"

苏子涵的舅妈很吃惊地说:"你送人送这么贵重的东西?"

高山峰说:"送给我妈,她马上就要过生日了,她平时爱好收藏古玩,这个青铜器,她一定喜欢。"

苏子涵的舅妈说:"你真是个孝顺的儿子,你给220万吧。"子涵的舅妈本来想从青铜器上挣个20万,200万给林秀。

高山峰知道这个底价就是200万,他说:"201万吧,201

万我一定买下,马上开支票。"

苏子涵的舅妈在心里盘算了一下,觉得挣个 1 万块钱佣金也可以了,于是便同意了。

高山峰说好。

苏子涵的舅妈把青铜器打包好,高山峰回公司开支票。

当林秀真的拿到 200 万现金的时候,她真不敢相信这是真的,她们家并不缺钱,但是这个数对于林秀来说,还是相当大的一笔数字。

唐文彬送完唐子臻,已经从美国回来了,当他知道苏不凡送给林秀的宝物被卖时,他责备林秀说:"那是子涵的传家宝,你把它卖掉,怎么可以呢?"

林秀说:"传家宝也要折成钱,它才有价值啊。"

唐文彬说:"这钱你还是给子涵留着当嫁妆。"

唐文彬就是这样一个有气度的男人,不贪小便宜,用心呵护着家里每一个成员,这也是一个成功男人的典范。

林秀走过去,从后面抱住唐文彬,充满感激地说:"文彬,你真好,我和子涵谢谢你。"

唐文彬看着林秀说:"又来了,都是一家人,说什么谢谢,我虽然没有像培养子臻一样培养子涵,但是,我也是很在意子涵幸不幸福的。"

林秀说:"你是一个称职的父亲。"

唐文彬说:"谢谢你的肯定。"

林秀说:"夫妻间最好的关系就是能够互相包容,互相理解,不是吗？我在你身上学到了很多。"

唐文彬说:"林秀,你更不易,我们会相伴到老的。"

林秀握着唐文彬的手,虽然激情不在,但更多地感受到亲情相依。

高山峰准备在母亲生日当天再把青铜器送给她,所以工人送来的时候,他把青铜器放在自己房间的衣柜里。

黄韵云到处筹钱,她叫财务把近期财务报表拿给她看。

当她看到昨天支出一笔 201 万银行付款时,她问财务主任:"这笔钱是干什么用的？不是说超过 50 万就必须叫我签字的吗？"

财务主任说:"是高总经理直接叫财务开出的。"

黄韵云说:"好,我知道了。"

她直接去总经理办公室找高山峰,高山峰不在办公室,便打电话给他,叫他速来办公室。高山峰还在外面谈事情,接到电话立刻赶回来,不知道发生了什么事。

黄韵云在办公室等他。看见高山峰进来,她严肃地问:"你三番五次把钱用在不知名的地方,你是怎么做总经理的?"

高山峰这才明白是昨天转的201万又被黄韵云发现了,他想给她一个惊喜,看来今天是藏不住了。

他尽量掩饰,说:"妈,这笔钱用在了该用的地方,过两天你就知道了。"

黄韵云说:"你不知道,公司运转需要钱,你用钱为什么连招呼也不打一下呢?"

高山峰说:"妈,这笔钱真的是用到了该用的地方,我现在还不想告诉你。"

黄韵云说:"什么叫用到该用的地方,是投资吗?还是被别人骗去了?"

高山峰说:"你不要想歪了,过几天就会水落石出的,总之,你相信我,反正是没有被别人骗,我先回去做事了。"

黄韵云生日到了,高山峰怕话题总是围绕在他和陈圆圆的身上,便请了公司几个主要经理人和陈洪海公司几个经理人一起参加。十几个人可以组成一个大聚会了,他们全部盛装出席。

陈圆圆带黄韵云去盘了发,化了妆。生日当天,黄韵云穿了一件黄色的礼服,黄韵云最喜欢黄色,她觉得她本身姓黄,黄色是她的幸运色,黄韵云当天的装扮让她足足年轻了十岁,她感觉十分自信。

陈圆圆穿了一件大红色的蓬蓬裙,露出一双笔直的长腿。红色最适合她,阳光而有朝气。虽然陈圆圆没有遗传到王冬梅的白皮肤,她的皮肤略呈小麦色,但是她穿上红色的蓬蓬裙就像一个精灵天使。陈圆圆的妈妈王冬梅穿了一件宝石蓝色晚装,宝石蓝色把王冬梅的皮肤衬得雪白,加上她微胖的身材,整个人看上去富贵十足。陈洪海西式短衬衫,西裤,一副成功人士的派头。高山峰的装扮依然干净,清爽。

王冬梅见过黄韵云说:"韵云,你今天真年轻。"

黄韵云说:"我都老了,哪年轻。"

王冬梅问黄韵云:"有没有考虑再找一个伴侣?山峰也大了,你应该有自己的生活了。"

黄韵云说:"一切都随缘吧,如果碰到一个合适的人,我也不会拒绝。"

王冬梅说:"是啊,一切都是缘分。"

高山峰本来想邀请苏子涵也来,怕气氛尴尬,多一事不如少一事。他决定过一段时间一定要带苏子涵来家里。

客厅里播放着钢琴曲,人来得差不多了。黄韵云说:"欢迎各位来到家里做客,想借这次我过生日,给大家提供一个相聚的机会,平时大家都忙,忙于工作,忙于学习,在一起的时间都是在工作的时间,没有机会交流。所以,今天大家放下繁忙的工作,放松精神,尽情地玩。说说我自己,我已经是半老徐娘了,但是,半老徐娘也要保持一个良好的状态,给我们的下一代做个好榜样,我们也要向年轻人靠拢,大家说是不是?"

大家鼓掌叫好。一起说:"说得好。"

"我们的董事长还是一棵常青树,不老,不老。"

黄韵云说:"我们不老,你们年轻人怎么接班呢。"

其中一位经理人说:"你的人生经验就是你的最大财富,我们离不开你们的支持。"

黄韵云说:"这倒是的,我们一起努力,团结一致才能把公司做得更好。你们今天就负责吃好,玩好。"

说完,大家一起欢呼。

黄韵云家客厅很大,他们打牌的打牌,看电影的看电影,聊天的聊天。

高山峰已经在室外架起烧烤炉,工人把要烤的食物端过来,高山峰负责烧烤,陈圆圆也过来帮忙。

高山峰说:"你进房间去吧,你穿的是礼服,这里交给我吧。"

陈圆圆说:"我就喜欢跟山峰哥在一起。"

陈圆圆拿起肉串放在烧烤炉上,和高山峰并排站着。陈圆圆问高山峰:"山峰哥,你就一点不喜欢我吗?"

高山峰说:"圆圆,你很优秀,凭你的条件可以找到更好的,再说,我已经有女朋友了。"

"我知道你有,你又没结婚,我还有机会。"陈圆圆最厉害的一点就在于,表达感情的时候居然一点不怯场。

"我把你当妹妹的。"

"哥哥与妹妹,从来都是天造地设的一对,你看贾宝玉和林黛玉,还是表兄妹呢。"

高山峰笑了,拍了一下陈圆圆的头说:"你这个傻丫头,我就那么好啊。"

陈圆圆说:"不管你好不好,我就喜欢你了。"

高山峰瞬间被感动了,他还从来没有被哪个女孩这样追求过。

烧烤炉里的火有点淡了,高山峰叫工人过来再烧一下。工人拿木棍把木炭从里往外挑,一不小心,木炭掉下来,高山峰赶紧一把推开陈圆圆,用胳膊挡住,木炭掉在地上,差一点烧到陈圆圆的礼服。高山峰的胳膊被烫红了一块。陈圆圆说:"啊,山峰哥,要不要紧?疼不疼啊?"

这时,大家都赶过来,黄韵云说:"马上去水房用冷水冲洗。"然后对大家说,"不要紧的,大家继续玩,小事情,把烫伤的地方温度降下来就没事了。"

黄韵云家院子里花团锦簇,大家都停留在院子里,闻着花的香,品着陈洪海带过来的红酒,吃着刚烤出来的带着孜然味的烤肉。这美好的时光,大家都享受其中。

高山峰冲洗过伤口,涂了烫伤膏,陈圆圆深情地望着高山峰,高山峰把头转到别处。陈圆圆就是这样喜欢高山峰,死心塌地地喜欢。

晚上生日宴正式开始了。客厅里,阿姨忙着上菜,大家纷纷落座,高山峰关了灯,为黄韵云点上生日蜡烛,唱生日歌。黄韵云很感动,发表生日感言,说:"真心感谢我的朋友们,人生路上,我有你们相伴,是我的幸运,希望今后的事业和生活,我们一起努力,让自己更快乐,更幸福。"

大家欢呼,齐声说:"黄总,生日快乐,一年比一年更年轻。"

吃饭的时候,大家你一杯我一杯喝得十分尽兴。

最终,黄韵云喝得酩酊大醉,倒在沙发上,其他人也都喝醉了。

高山峰开始把客人一个一个送回家。陈洪海叫了司机来接,陈圆圆说暂时留下来,帮黄韵云收拾家里。陈圆圆其实也是醉的,但是意识清醒,开始话多,一会儿指挥阿姨做这个,一会儿指挥她做那个。她扶着黄韵云走到房里,躺在床上,然后帮黄韵云把鞋子脱掉。

高山峰送客人回来了,看陈圆圆还在家里,便说:"圆圆,时间不早了,你早点回去休息吧,家里有阿姨打扫。"

陈圆圆半醉半醒,高山峰扶她上车。陈圆圆坐在副驾驶座位上,看着高山峰说:"山峰哥,你真好,送我回家。"

高山峰说:"你醉成这样,我不送你回家,还能让你睡在我家吗?"

陈圆圆说:"睡在你家难道不行吗?"

高山峰说:"行,行,但是趁你还没有睡着,我要立刻送你回家。"

凉爽的风吹散陈圆圆的头发,陈圆圆酒醒了一半,到了陈圆圆家附近,高山峰把车停了下来,陈圆圆望着高山峰说道:"山峰哥,你可以吻我吗?"

高山峰笑笑,说:"傻丫头,你醉了。"

陈圆圆一把把高山峰的脸转过来,自己的嘴巴就亲上去了。高山峰欲挣脱,但看到陈圆圆如痴如醉的眼神,又被她的热情所感动,他也自然地抱住了陈圆圆的身体,吻了下去。这个姑娘也趁势,用力地搂紧了高山峰的肩膀,不舍放掉。一瞬间,高山峰忽然意识到什么,立刻推开了陈圆圆。陈圆圆依然陶醉在刚刚的热吻里。

高山峰喘着气说:"对不起,圆圆。"

陈圆圆说:"你没有对不起我,是我要求你的。"

高山峰不看她,看着前方说:"你下车吧。"

陈圆圆下车的时候,对高山峰说:"我相信刚刚的感觉是真的。"

高山峰掉转车头,飞驰而去。

第二天早晨,高山峰把青铜器拿给黄韵云看,黄韵云睁大眼睛,左看看,右看看,然后问高山峰:"这就是201万的去向,是不是?"

高山峰点点头。

黄韵云笑容绽开,她真的没有料到儿子会送这么贵重的礼物给自己,虽然是从公司走的账。

高山峰对黄韵云说:"妈,怎么样?清朝京城传下来的真品。"

黄韵云用手指敲敲声音,满意地点点头,说:"嗯,是真品,我很喜欢,谢谢儿子。"

高山峰说:"我之前没有说,就是要给你个惊喜,我知道你一直喜欢收藏古玩,所以跑遍古玩城才找到的。"

黄韵云感动地抱住了儿子,喃喃自语:"妈妈冤枉你了,原来我儿子对妈妈这么好。"

她把青铜器放在了客厅的古玩架上。

黄韵云头昏沉沉的,到了办公室。由于昨天晚上的生日宴,大家都喝得烂醉,黄韵云本打算向陈洪海开口提借钱的事,也被搁置一边。今天早上,她又重新想到这个事,却又不知从何说起。她想着最起码还要暂借两千万。

这时,正好有人敲门,进来的居然是陈圆圆。

黄韵云很惊讶地说:"圆圆,你怎么来了?昨晚你也喝醉了,早上没有多睡一会啊?"

陈圆圆说:"正好卫城项目上的事,我过来要和山峰哥商量商量。"

黄韵云说:"圆圆,卫城的项目,还需要你俩跑一趟。"

陈圆圆说:"可以。"

陈圆圆走进高山峰的办公室,高山峰看到她,笑了一下。

陈圆圆说:"山峰哥,卫城项目部那边打来电话说,土地的事已经批了,但是还有几户钉子户不愿意搬,黄姨说让我们还要去一趟。"

高山峰说:"可以,明天就去。"

这边黄韵云给陈洪海打了电话,向他暂借两千万,三个月后连本带息还他,陈洪海爽快地答应了。黄韵云心里一块石头落了地,把这事告诉高山峰,高山峰说:"等这些拆迁户搬走,我们就可以动工了。"

黄韵云说:"这个项目要赶快动工,我们已经损失了二千万。"

高山峰说:"妈,还有几个钉子户不同意搬,有一点棘手。"

黄韵云说:"你明天和圆圆就去处理这个事。"

卫城项目

高山峰和陈圆圆到达卫城,房产局的和拆迁办的人一起同他们赶到项目开发地点,城中村。

高山峰他们来到那钉子户家,大白天的,房间里还是很暗,没有开灯,可能是为了省电。锅碗瓢盆散落一地,里面还有一间房间,也很暗。沙发上堆着乱七八糟的东西,来个人都没地方下脚。听说这家人共五口人,两位老人加一对夫妇和一个小女孩。那个男主人看上去,应该是这两位老人的儿子,留着板寸头,眼睛斜视,穿着大裤衩,人字托,据说在附近工地上干活,皮肤黝黑。

看高山峰他们进来,男主人很不友好地问:"你们干什么的?"听说是开发商和拆迁办的,马上语气便更硬了。高山峰说明了来意。

里屋走出来一个女人说:"再给我们多加30万拆迁费,否则我们坚决不搬。"

陈圆圆说:"大姐,把城中村拆了,盖一个环境优美的花园洋房,居住环境比现在好得多。"

那女人说:"我们反正待习惯了,多待一天,少待一天也无所谓,倒是你们这些有钱人等不及吧,少挣一天钱。"

高山峰说:"我们按照国家法定赔付比例,在此基础上增加赔付,你们再要 30 万元,是不合理的。"

"我们家那么多人,这点钱根本不够我们买房子的,多要 30 万元根本不多。"那女人讲话伶牙俐齿的。

拆迁办的人说:"赔付是国家规定的,每个人都一样的,你凭什么多要?"

那个男主人一听这话,非常生气,做出要打架的模样,怒目圆睁。

那女人更是扯着嗓子叫起来:"不按照我们的要求赔钱我们就是不同意搬。"

高山峰他们看这家人难以沟通,便离开了。

陈圆圆和高山峰回到宾馆,面面相觑,不知道该怎么办。

高山峰思考了一下,说:"看她那个女儿应该有四五岁吧,圆圆,我们去商厦给她女儿买点玩具和衣服去。"

陈圆圆说:"山峰哥,我们一旦用物质去讨好那家人,不就表示示弱了吗?那家人不就更得寸进尺了吗?"

高山峰说:"这不是示弱,我们要表达出我们的诚意。"

陈圆圆并不乐意,高山峰把她从沙发上拉起来。陈圆圆一个飞跃,扑进高山峰怀中,说:"山峰哥,我觉得跟你在一起特别有安全感,我越来越喜欢和你在一起的感觉。"

高山峰两个手臂张开,看着陈圆圆紧抱住自己,他不知如何是好。他爱的人是苏子涵,他喜欢苏子涵身上的那种温文尔雅的气质。

高山峰和陈圆圆买了礼物,亲自送到那户人家。

高山峰心平气和地说:"大哥,大嫂,这是我们给小孩买的衣服和玩具,一点心意,请你们收下。"

陈圆圆说:"小朋友,来来来,试试叔叔、阿姨给你买的衣服,合不合适,这个是公主裙,小姑娘家穿上它,就是真公主了。"

那小女孩高兴地穿上裙子,立刻感觉就不一样了。陈圆圆又掏出玩具,小女孩眼里放光,大呼"喜欢,好玩"。

那个女人把小女孩手里的玩具一下打落在地,说:"谁叫你拿的,你不知道坏人会骗小孩的。"

陈圆圆从来没受过这样的气,想发火,但她看高山峰对她使眼色,又把气憋回去了。

高山峰言归正传,说:"大哥,大嫂……"

那女人还是带着气说:"谁是你大哥、大嫂。"

高山峰接着说:"把这里拆了重建是为了改善居民生活居住条件,现在的居住条件对你们所有人的身心都不利,一旦生活在好的环境里,你立刻会感到生活的美好。"

那个男人说:"美好什么呀,不给我们要的赔偿费我们不会搬的。"高山峰说:"大哥,开发商不是银行,所有的程序都是按国家法定规矩办事,你们不能随意乱要钱啊。"

高山峰继续说:"其实,我们还看中其他地段,如果你这里真的不同意拆,我们只好不开发这片区域。但是,当你的邻居都埋怨你们家妨碍他们住上新房子的时候,到时候你们就成了罪人。"

那个女人仍然不松口,这时从外面进来两位老人,面容憔悴。

那个老人对高山峰和陈圆圆说:"老头子得了脑血栓,意识模糊,我儿子看着人高马大,其实是有癫痫,一犯起来口吐白沫。"

陈圆圆说:"都是因为这些恶劣环境造成的,如果你们换了环境,一切都会好起来。"

她的儿媳妇说:"说来说去,你们就是不想给钱,你们走吧。"

高山峰和陈圆圆把礼物留下,走出那个低矮的黑黑的小屋。

高山峰说:"这家人也蛮可怜的。"

陈圆圆说:"可怜之人必有可恨之处,我们下一步该怎么办?"

高山峰说:"过两天再来。"

陈圆圆大叫,说:"什么？还要来？我们把该讲的话都讲了,该做的事都做了,他们还是不愿意搬。"

高山峰说:"我准备给这家人一万块钱,不从账上走,我自己出。"

陈圆圆说:"山峰哥,你疯了吗？他们是狮子大开口,你居然往狮子口里跳,你那一万块钱,满足不了他们的。"

高山峰说:"不要紧,我试试,就当做慈善了。"

陈圆圆没有回去,她还是陪着高山峰去了那家。钉子户一共有两家,另外一家是看着这家人的,如果这家人搬了,那一家也就不坚持了。

高山峰把刚从取款机里取的一万块钱放在那家人的桌子上,说:"这钱是我给你们的,不是项目公司的钱,因为所有的流程都不允许再多掏这一万块钱,也只有这些钱了,留给叔叔、大哥治病,也是我们的一点心意,我们也只能做到这么多了。"

话说到此,高山峰已经做到仁至义尽。那女人脸上明显有缓和,眼神也似乎软了下来。她也明白,再闹下去,可能偷鸡不成蚀把米,这次高山峰和陈圆圆没有久留。

出来后,陈圆圆说:"那个女的看到钱明显两眼放光,她这次心理防线估计被打倒了。"

高山峰说:"等等看吧。"

果不其然,那家人第二天就搬走了,另外一家人看这家人搬走了,也跟着搬走了。

在回去的路上,陈圆圆对高山峰说:"山峰哥,还是你厉害,把这件事圆满地解决了。"

高山峰呵呵笑:"我也是做事情做多了,被逼出来的。"

陈圆圆注视着高山峰的眼神,高山峰的眼神专注和笃定。无论他讲话的样子和做事的风格,都让陈圆圆着迷。

回到公司,黄韵云夸他这事干得漂亮,公司副总经理说:"董事长,你后继有人了,以后可以放手让高总去干。"

黄韵云说:"他还要再锻炼锻炼。"

三个人的爱情

高山峰已经有一个礼拜没有见到苏子涵了,他给苏子涵发了一个短消息,约她今天下午下班后见面。

高山峰看见苏子涵款款而来,心中充满了甜蜜。两人吃完饭,又沿着海边散步。

高山峰拉着苏子涵准备走到离海边很近的地方,正好被陈圆圆看到侧影。陈圆圆正带着客户来这家酒店住宿。陈圆圆看他们俩在一起顿时妒火中烧,内心充满了愤怒,人在爱情面前永远失去判断能力。

高山峰关上房门,抱起苏子涵,他们享受着美好的夜晚。

之后高山峰送苏子涵回家,然后开车回家。到了家门口的时候,迎面撞上陈圆圆,高山峰看看手表,11点整。

高山峰说:"圆圆,这么晚了,你在我家门口干吗?"

陈圆圆说:"山峰哥,我心情不好。"

高山峰说:"谁惹你了?"

陈圆圆哭丧着脸,嘴巴噘得老高,说:"山峰哥,我喜欢你,可是你不喜欢我,我该怎么办?"说完就哭起来了。

高山峰恍然大悟，说："傻丫头，这个世界上不止我一个男人。"

陈圆圆边哭边擦眼泪说："可是，我只喜欢你一个人啊。"

高山峰说："这么晚了，你开车过来的吗？"

陈圆圆点点头。

高山峰说："你车停在我家车库吧，我送你回家，明天我再把车给你送过去。"

到了陈圆圆家门口，失去理智的陈圆圆紧紧抱住高山峰，说："你要什么我都可以给你。"

高山峰把她轻轻抱住，说："我已经有爱的人了。"

陈圆圆说："反正你们还没有结婚，我愿意等你。"

高山峰捧起陈圆圆哭着的脸，心疼地把她抱在怀里说："你那么优秀，自信，不要失去自我，你一定会遇到爱你的人。"高山峰声音温柔而低沉，很怕再次伤害到陈圆圆。

越是这样，陈圆圆越是不能自拔。

高山峰说："回去吧，圆圆，我看着你回家，不要想太多，明天你还是那个快乐的圆圆。"

陈圆圆踉踉跄跄地走入家门，高山峰看着她的背影居然产生了怜悯之心。

欠 了 人 情

钉子户终于搬走了,可以动工了。陈洪海的借款也已经到位了。黄韵云叫高山峰去陈洪海家答谢,高山峰买了贵重礼物,和黄韵云一起去了陈洪海家,陈圆圆也在。

黄韵云说明来意后,陈洪海说:"韵云,你还跟我客气吗?公司有什么困难尽管说,我们两家是什么交情。"

黄韵云说:"陈哥能这样帮助我,你这份情,我们一辈子记在心里,你放心,这笔钱我三个月后一定连本带息还给你。"

王冬梅说:"急什么,你先用着,等公司有闲钱了再说。"

黄韵云说:"我们互帮互助,争取我们的公司都能够做大做强。"

陈洪海说:"那是一定的,不知道什么时候,我就会需要你的帮助了呢,再说,高山峰这孩子有潜力,我想聘他做我们公司顾问,不知韵云你可同意?"

黄韵云说:"难得你能看上他,我替山峰做主了,无偿为海纳百川服务。"

高山峰说:"陈叔,我怕我没这个能力。"

陈洪海说:"以后公司有什么会议我邀请你参加,到时,你要在我们公司挂个头衔。"

陈圆圆拍手欢迎道:"欢迎山峰哥加入我们公司做顾问。"

黄韵云看出来了,这家人真心喜欢高山峰。

陈圆圆的家住在顶层复式,上下足有三百多平方米,晚上的时候,俯瞰整个城市的夜景,非常美丽。

陈洪海指着那个有着最璀灿霓虹灯的高层说:"山峰,你看那栋楼就是我们盖的,从我家望过去,正好可以看到,这个城市的建设,有我们的一份心血呀。"

高山峰说:"是的,能参与改革开放以来国家的大建设,也是我们赶上了好机会。"

陈洪海说:"我们国家真的不容易,从一九四九年的一穷二白,走到今天一派繁华美景,我们年轻的时候跟现在哪能比呀,一个天一个地。"

陈洪海打开一瓶红酒,给高山峰倒上半杯。

高山峰说:"是的,我妈告诉我,她们那时还在镇上住,电都有时有,有时没有。"

陈洪海说:"山峰,还有圆圆,你们都要珍惜现在的好时代,好条件,我们老一辈多努力一点,给你们创造好一点的平台,等我们老了,都交给你们来打理了。"

这时的陈洪海就像一个慈父,教导着年轻人,陈圆圆和高山峰都频频点头。

回去的路上,黄韵云对高山峰说:"儿子,圆圆一家都喜欢你,也很看重你,你跟圆圆在一起,会幸福的。"

"妈,我已经有女朋友了,我爱她,她也爱我。"高山峰对于这种境遇,两家人的热情撮合感到骑虎难下,那种不想接触却又逃避不了的尴尬。

"你又没结婚,可以再选择的。"

高山峰有点害羞地说:"妈,我们已经在一起了。"

"什么? 你们已经在一起了?"

"是的,我要对她负责任,她把一切都给了我。"

黄韵云气得说不出话来。

半晌工夫,黄韵云才说:"你把她带到家里来。"

高山峰看着黄韵云说:"妈,这么说,你同意了?"

黄韵云沉着脸说:"你们都在一起了,我有什么好说的。"

高山峰好兴奋,他吹着口哨,摇头晃脑,黄韵云说:"好好开车。"

黄韵云问高山峰:"如果没有那个苏子涵,你会不会选择圆圆?"

高山峰想了想,想起陈圆圆对他的表白,那张带泪的脸,说:"应该会。"

"我们两家本来可以亲上加亲的。"

"妈,事情也没有变坏啊。"

黄韵云说:"这个周末,你带她来见我吧。"

爱情有好转

回到家,高山峰就把这个消息发短信告诉苏子涵。

苏子涵回复:"真的吗?我还没有做好准备。"

高山峰回复:"我妈你都见过的,她会对你满意的,你自然面对。"

苏子涵回复:"我那天应该穿什么衣服?"

高山峰回复:"我们明天可以去买。"

苏子涵回复:"我头发要不要再重新做一下?"

高山峰回复:"你不要太紧张,有我在,一切都没问题。"

苏子涵回复:"呵呵。"

高山峰回复:"晚安了,老婆。"

苏子涵回复:"晚安,老公。"

两人开始以老公、老婆互称,他们在拥有彼此后,感觉爱情又升华了。

苏子涵挑了一件淡紫色的泡泡袖连衣裙,苏子涵一直喜欢紫色,紫色就像她的气质,娴静而淡雅,穿上一双黑白相间的皮凉鞋。

林秀听说苏子涵要去男朋友家见未来的公婆,唐文彬准备了礼物叫她带过去。

林秀告诉苏子涵:"见了未来的公婆要有礼貌,我们家是大户人家,你就要有大家闺秀的样子。"

林秀又说:"你去了他家,你就要把男朋友带回来,这是我们这的规矩,女方见了未来的公婆,男方就可以来见未来的岳父岳母了。"

苏子涵说:"妈,说得好像我马上要结婚似的。"

唐文彬说:"见未来的公婆是你人生的大事,一个姑娘家,找到对的男人是关键,这事不能马虎。"

林秀问子涵:"你男朋友家住哪里?做什么的?"

苏子涵说:"他是英国留学回来的,家里有家族企业,他妈妈是董事长,女强人。"

唐文彬说:"子涵,我们一直都没过问你交男朋友这件事,是我们相信你的眼光,你也不小了,可以结婚了,这个小伙子看来条件不错,只要你喜欢,我们就满意。"

苏子涵说:"爸、妈,谢谢你们对我的关爱,我会好好把握的。"

苏子涵和高山峰一路开车回家,他们相视而笑,感觉好像迈入了新的阶段,有共同的憧憬。

苏子涵进门看见黄韵云在客厅里坐着,她微笑地跟黄韵云打招呼,黄韵云说:"来了啊。"

黄韵云不是第一次见苏子涵,但是,她从没有仔细地看过苏子涵。苏子涵一向不多语,她和陈圆圆是两种完全不同性格的人。

黄韵云对苏子涵说:"我今天邀请你来我家,就是想见见你,我就这一个儿子,我希望他幸福、快乐。在他的个人问题上,他一定要选择你。老实说,我心中有更好的人选,但是,他既然选择你,我也尊重他的选择。"

高山峰坐在苏子涵旁边,拉着苏子涵的手,说:"妈,我和子涵是真心相爱的,我们希望能得到你的支持。"

黄韵云用眼睛扫过他们牵着的手,心中有了些许的不满,那是一种有点嫉妒的感情因素,带着失落。于是黄韵云把这种不满表达出来,说:"我家高山峰本来要找的是对他事业上有帮助的对象,可以助他一臂之力。你们以为婚姻里只有爱情就够了吗?婚姻和爱情从来都是两码事,你们现在还太年轻,根本不懂,所有的爱与不爱最后都会演变为习惯,你只要习惯一个人就好,前提是这个人是最适合结婚的人,而不是最爱的人。"

话一说出口,黄韵云也感觉到好像违背了邀请苏子涵来家里的初衷,于是她打住了没有说下去。

苏子涵说:"我会全力支持他,无论生活还是工作,黄姨,你放心。"

高山峰说："妈，我知道你想让我幸福，快乐。我跟子涵在一起就很快乐，也幸福。爱情是我生活和工作最好的后盾，如果我不快乐地去生活，那工作上我肯定也是消极的，带着这个坏情绪，我又怎么能把公司做好？"

苏子涵说："阿姨，我知道你创业不容易，如果可以，我愿意协助山峰，到公司帮忙，我们一定会把公司做好。"

高山峰也积极响应苏子涵说："子涵在公司也是做总经理秘书助理的，她有能力协助我们把公司做好，妈，你到时就可以放手给我们去做了。"

黄韵云听着他们的陈述，也感觉到了两个人对爱情的坚贞。对于爱情，黄韵云这一生的功课几乎为零，虽然事业上取得了莫大的成绩，但是就她个人而言，她这一生都带着缺憾，那些孤独寂寞的夜里，她都是一个人度过的。

黄韵云问苏子涵："你们公司是做什么的？"

苏子涵说："一家台资企业，做电子产品的，老板是台湾人，山峰也认识的。"

黄韵云态度越来越缓和，她和苏子涵随便聊起来，苏子涵也渐渐放松开来。

当黄韵云得知苏子涵的父亲是宣传部部长，母亲是文工团一个领导的时候，她也才知道苏子涵的家庭出身很好，看得出来她很有教养。

黄韵云听苏子涵说有个妹妹在美国伯克利音乐学院读书,她便开始滔滔不绝地说起高山峰在英国上学的事情,回忆起往事的时候,黄韵云脸上绽开了笑容。

吃饭时,黄韵云一改往日的冷淡,给苏子涵夹起了菜,苏子涵真是受宠若惊,她感觉很幸福。

吃完饭,苏子涵跟着高山峰来到他的房间,房间里有一个大大的书柜,书柜里整齐地摆放着专业书和各国名著、诗词选等。

苏子涵说:"我喜欢李清照的词,优美,读起来朗朗上口。"

高山峰说:"我喜欢李白的诗,潇洒,感觉诗里有酒,有情,有才华。"

苏子涵又说:"我喜欢李清照的词,优雅,如清风徐来,温柔拂面,有些诗词又带着忧伤,是对这个世界的悲观。"

高山峰说:"女孩子都喜欢李清照。"

说完,高山峰信手拈来李清照的《声声慢·寻寻觅觅》:

"寻寻觅觅,冷冷清清,凄凄惨惨戚戚……"

苏子涵接着高山峰的词,说下去:"三杯两盏淡酒,怎敌他晚来风急……"

高山峰说:"古代诗人就是舞文弄墨,想想以前也很好,田园生活,没有压力,吟诗作赋,一派安详的生活状态。"

苏子涵说:"古代不好,没有电,没有水,还没有手机,什么都没有。"

高山峰说:"那样生活才宁静,我们俩要是生活在古代,天天种种菜,养几个小孩,想着那生活都很惬意。"

苏子涵哈哈大笑,说:"我才不要生活在古代,我现在和你在一起,不是就很好嘛。"

高山峰搂着苏子涵说:"如果生活在古代,你一定是像李清照一样,清新,脱俗。"

苏子涵转身过来,搂着高山峰说:"亲爱的,你爱我吗?"

高山峰说:"小傻瓜,我不爱你,就跟你在一起了吗?"

苏子涵说:"我是个没有安全感的女孩,我希望你能够永远爱我。"

高山峰说:"我会的。"

两个人便拥吻在一起。

从高山峰家回来,苏子涵长舒了一口气,她心里想,终于过了高山峰母亲这一关,接下来要带高山峰来见自己的父母了,她对于高山峰来自己家见父母,反而觉得轻松了,他觉得父母亲一定会对高山峰很满意,他品相好,知礼节。这事对于苏子涵来说,是水到渠成的。

百 转 千 回

当高山峰拎着贵重礼品来见林秀和唐文彬的时候,林秀看到高山峰一表人才,心里很高兴。

唐文彬和林秀都穿了正装,林秀习惯只要有重大事情,一定会去盘头发。唐文彬还是原来的样子,只是多了几分成熟。他仔细打量着高山峰,用过来人的经验去看他。

高山峰主动和林秀、唐文彬攀谈,高山峰知道唐文彬是苏子涵的继父,这个角色对于唐文彬来说,没有任何的不适。

唐文彬问高山峰:"你平时业余爱好是什么?"

高山峰说:"我喜欢打篮球、健身、听音乐、看电影、阅读、旅行,我爱好广泛。唐叔,你喜欢什么运动项目?"

唐文彬说:"看来你是个热爱生活的人。我平时也喜欢书法、喝茶、下棋、看看球,以前爱踢球,现在有点踢不动了,我觉得国足没有一个核心人物,没有凝聚力,跟德国拜仁慕尼黑足球俱乐部根本没办法比。"

高山峰说:"嗯嗯,国人对他们的期望很大,但是失望也很大。唐叔,下次德国足球甲级联赛,我请你去德国看。"

唐文彬说:"好的,我们相约一下,我一定去。山峰,来陪我下两盘棋。"

下棋的时候,唐文彬盘问高山峰:"你们公司是做什么的?"

高山峰说:"我们公司有服装品牌、制衣工厂、房地产开发,接下来,我还想做一个综合体,如果资金允许,我还有很多想法去实施。"

唐文彬说:"不错,年轻人就要有理想,做事要持之以恒,还有一点,情操一定要高,做事先做人,事业才会顺利、发达。"

高山峰点头称是。

唐文彬握着棋子说:"哈哈,山峰,我将了你一军,你要注意下面该怎么走。"

高山峰连连说道:"啊,唐叔,果然厉害,不行,不行,我要集中注意力。"

林秀说:"这爷俩聊得挺投机的。"

林秀问高山峰:"你们公司的衣服品牌叫什么?"

高山峰说:"叫峰韵,阿姨,以后你和子涵的衣服,我叫设计师专门设计,给你们定制。"

唐文彬说:"让山峰专心下棋。"

林秀说:"你下你的,我聊我的。"

苏子涵接着那个话题说:"还是限量版的,对不对。"

林秀说:"那我们以后穿衣服好有范,私人定制。"

唐文彬说:"瞧把你美的。"

林秀说:"去。"

吃饭的时候,高山峰过去帮忙,林秀一个劲儿地叫高山峰坐着别动。

林秀对高山峰说:"山峰,以后你就经常来家里,当自己家一样,你爱吃什么菜,阿姨做给你吃。"

唐文彬说:"以后你来家里陪我下棋。"

苏子涵对高山峰说:"看看,看看,你一来我们家,我们家里就多了一个儿子,我这个女儿就靠边站了,我妈太偏心了。"

林秀笑着说:"我的子涵吃醋了。"

家里电话响起,是唐子臻打过来的越洋电话,苏子涵接的。

唐子臻说:"姐,你好吗?"

苏子涵说:"子臻,我很好。美国现在几点?你怎么还不去睡觉?是不是已经很晚了?"

唐子臻说:"我们刚开完音乐会回来,姐,我是主乐手,我的外国朋友们对我都很好,我现在兴奋得睡不着呢。"

苏子涵说:"真的吗?我们子臻品学兼优,到哪都受欢迎。"

唐子臻说："我现在已经完全适应了这边的环境,你们放心,我会好好照顾自己的。"

林秀接电话告诉她,姐姐带男朋友过来,唐子臻说:"太好了,可惜我见不到大帅哥了,以后姐姐、姐夫结婚到美国来度蜜月,我全程陪导。"

唐文彬接过电话,跟唐子臻寒暄了一下,教导她还要好好学习音乐。

此刻的林秀感到无比幸福,有一个才华横溢的小女儿,这个大女儿又领回来一个优秀能干的男朋友,林秀看在眼里,乐在心里。

林秀问高山峰:"你们服装品牌为什么叫峰韵啊?"林秀觉得这个名称似曾相识,好像在哪里看到过。其实,那次她在演出时见到黄韵云,随意地看了一下公司名称,只不过,她现在已经忘记了。

高山峰回答道:"我妈取自我的名字和她的名字组合,我叫高山峰,取峰字,我妈叫黄韵云,取中间一个韵字。"

林秀听到高山峰说黄韵云,重复地问了一声:"你妈叫什么?"

高山峰回答:"黄韵云,黄色的黄,诗韵的韵,云彩的云。"

林秀听到黄韵云三个字,刚夹的一筷子菜,身子抖动了一下,就掉在了桌子上。她脑子里回想着黄韵云这三个字,马上感到脑子里一片混乱。古平镇的一切浮现在眼前,那些依然隐匿在她内心深处的阴暗一面,瞬间笼罩了她。她感觉不舒服起身走到卫生间,关上门,稳定一下自己的情绪。她看着镜子里的自己,自己的眼神充满了恐慌,怎么会听到这样一个熟悉的人名,让自己这样崩溃。

林秀走出洗手间,其他人都没有留意她的表情,以为她就是去个厕所。

她再看高山峰,之前的热情荡然无存。稳定好自己的情绪,她问高山峰:"黄韵云真的是你妈?她老家在古平镇,是不是?"

高山峰说:"是的,林阿姨,你认识我妈?"

林秀淡淡地说:"认识的,我们以前是同学。"

唐文彬诧异地说:"黄韵云是你同学,我怎么从来没听你说过?他妈我听讲过的,是个很能干的女人。"

饭后,林秀抢着洗碗,洗碗的时候,她一直魂不守舍,她努力让自己镇静,但是回忆还是迎面而来,这么多年,她都不愿回古平镇,只要回去,这些痛让她痛得无法呼吸。

黄韵云那时是自己的好朋友,她也喜欢苏不凡,在她和苏不凡绝交的时候,她居然乘人之危,这是林秀一直记恨黄韵云的地方。

高山峰和苏子涵吃完饭出去了,林秀和唐文彬坐在沙发上。

唐文彬看出了林秀的不安,问:"怎么了?高山峰哪里不好?"

林秀回过神来,看着唐文彬说:"她妈是我以前很好的一个朋友,后来一直没有联系。"她的眼神凝重。

唐文彬说:"这样不好吗?"

林秀说:"我一时难以接受,这个要从长计议。"

林秀思绪混乱,理不出一个头绪。

高山峰和苏子涵一下午都在快乐地逛街,看电影,轻松而愉快,他们不知道一场暴风雨将要来临。

苏子涵对高山峰说:"我妈和你妈居然是同学,那她们见面不是有很多往事要聊了。"苏子涵脸上充满喜悦。

高山峰说:"我去过古平镇,那里山清水秀,是个养老养生的好地方,等我们老了,我们再回到古平镇,盖一个大房子,有一个大院子,种种草,养养花。"

苏子涵说:"我爷爷家就是一个大院子,你不用盖,我姑姑她们都有自己的房子,那个老宅子爷爷奶奶还在住。"

高山峰说:"那就在你爷爷家旁边盖房子,我总不能住你爷爷家的老宅吧。"

苏子涵说:"你说真的啊?你真的要回古平镇?我下半生还要靠你养我呢。"

高山峰笑说:"我说是退休后,你放心,我一定会养你。"

苏子涵又调侃他,说道:"我才不要你养我,我有手,有脚。"

他们说着,笑着,牵手走过城市的大街小巷,这个城市,留下他们相爱的足迹。

高山峰兴冲冲地回到家,看到黄韵云正在喝茶,黄韵云自从进入商界以来,也养成了喝茶的习惯。

高山峰告诉黄韵云:"妈,你知道子涵的妈是谁吗?"

"是谁?"

高山峰说:"是你的老同学,叫林秀,你是不是认识?"

只听到黄韵云拿起的杯子啪的一声跌落在地上,玻璃碎了一地。

高山峰说:"妈,你不至于这么大的反应吧。"

"她妈叫林秀,她爸叫苏不凡,她爸很早就去世了,现在的父亲是继父,对不对?"

高山峰说:"妈,你还知道什么?原来你了解这么多。"

"我一点都不了解,我只记得这些。"

"她居然是苏不凡的女儿,怎么会这么巧。"黄韵云站起来喃喃自语,惶惶不安。

这份姐妹情,多么可悲,最初的亲密无间,为了一个男人而变成陌路,缘分又一次让她们发生纠葛。她们之间该如何面对。

黄韵云经过一晚上的深思熟虑,第二天吃早饭的时候告诉高山峰:"山峰,你和苏子涵分手吧,我不同意你们在一起。"

"为什么?"高山峰莫名其妙,对未来的憧憬忽然被黄韵云的这句话打破。

"不为什么,总之我不会同意的。"

"之前还好好的,你怎么就忽然不同意了?是因为子涵的母亲吗?我说到子涵的母亲是林秀时,你就一直好像有点不对劲。"

黄韵云沉默,脸部表情僵硬。

"妈,你总要告诉我,为什么要我和子涵分手?"

黄韵云冷冷地说:"有些事你不会明白的。"

"你不说,我怎么会明白,你和子涵的妈之间有什么恩怨吗?"高山峰一直追问。

"那都是以前的事了,山峰你不要问了。"

"妈,我怎么可以不问,那关乎我的幸福,你一句让我们分手,没有理由,你怎么能说变就变呢。"

"妈,你总要跟我说明白的。"高山峰不解,着急地追问着。

……

黄韵云依然不回答,思绪回到过去。

而苏子涵的家里,林秀也考虑了好久,婉转地告诉苏子涵:"子涵,我和你爸商量了好久,高山峰并不适合你,我们家都是上班族,不适合找个生意人,我怕他不可靠。"

苏子涵怀疑地看着林秀。

"怎么来了360度大转弯,你们昨天不是很满意高山峰吗?"

唐文彬看着林秀,他俨然也不知道林秀做出了这个决定,而且还连带上他。

"有钱人还是不能找,你看现在有多少富二代都是纨绔子弟,表面上绅士,内在不可靠。"

"你们之前可没说过,我跟高山峰相处了几年,他不会是那样的人。"

"我们就是怕你上当,受骗。到时候,哭都没眼泪。"

"妈,我知道你们是为了我好,可是,我和高山峰是相爱的,不可能说分就分。"苏子涵愤怒地说。

"你逐渐跟他疏远,时间长了就自然断了。子涵呀,我知道妈这样要求你有点不仁义,可是,为了你以后着想,还是分手吧。"林秀几乎是哀求道。

苏子涵皱了皱眉头,丢下一句:"妈,你真莫名其妙。"便摔门而去。

苏子涵走在大街上,林秀的话萦绕在耳边。

唐文彬对林秀刚刚说的话也不解,问道:

"你怎么做出这样的决定?高山峰很好,你不是没有看出来。"

林秀眼泪流下来。

"我是无可奈何做出这样的决定。"

"你有什么想法可以告诉我。"

"高山峰的妈是黄韵云,是我过去最好的姐妹,可是,过去对我来说,我再也不想触碰,太痛了,你让我怎么面对高山峰?"

"可是,那是你的感受,你怎么能把你的感受强加给子涵呢?"

"可是子涵要是跟高山峰结婚,我怎么面对黄韵云,又要想起过去的事。"

"过去都过去了,没有人让你回到过去,要打开你的心结。"

林秀说:"世界那么小,兜兜转转,怎么又碰到一起。"

唐文彬安慰她道:"这也许就是缘分,你和黄韵云未解的缘分。"

林秀不愿意想起那些痛苦的往事,她现在是幸福的。

高山峰·陈圆圆

第二天，黄韵云就派高山峰和陈圆圆一起去卫城出差。卫城的项目已经顺利动工，还有很多手续需要办理。项目部的王经理看到高山峰和陈圆圆来了，便向高山峰诉苦说："建筑工人嚷着说钱少，干活有点拖，也没有积极性，一会儿这个人有这个事要请假，那个人家里有事要请假，工程计划要明年完工，可能来不及。"

"你去考察一下现在市场行情，差不多就给建筑工人再加点薪。"高山峰在这一方面一向不计较。但是，董事会明确规定不能轻易加薪，不然超支预算，成本增高，工程利润减少。

"不能随便加薪，他们一嚷嚷就加薪，这样很被动。我们可以重新找一批。"陈圆圆讲话做事气场强硬。

项目部王经理说："可是经常换人，对于工期也有延误。"

"他们合同上怎么写的。"高山峰问。

"都是一些临时工，没签合同。"王经理回答。

"先去考察市场价格，然后该加薪的加薪，给他们签合同,做大事的人不应该在这上面计较。"高山峰最近被很多事困扰,眉头紧皱。

"那董事长要不批呢?"王经理说。

"就说我决定的。"高山峰斩钉截铁地说。

王经理只好照做。

王经理把事情上报给黄韵云,她得知后向王经理发火称:"工人这点事都搞不定,工程的钱已经超出预算很多,你是要我们公司做亏本买卖吗?"

王经理脸色也不好看。

"这只是工程前期,后期还有很长时间,其他关于钱的问题,我希望你能够替公司解决。"黄韵云继续说道。

回到卫城,王经理对包工头也是一顿臭骂,把在黄韵云那里受的气发泄到包工头身上。

王经理对包工头颐指气使,说道:"把你们工人统计一下,签订合同交上来,给他们加薪。但是我明确规定,工程工期一天都不能拖。"

包工头说:"工人是我的,我都跟他们签过合同了,你们公司就不要管了,你把钱拨给我,我马上就让他们好好干活。"

王经理说:"那不行,虽说工人是你的,但是加薪这件事却是我们出的钱,你们工人再跟我们公司签一份临时合同,否则,这个钱我们不出。"

包工头想要把加薪的钱落进自己的腰包,如果一签合同,钱就真的要给到工人头上。事到如今,也没有办法了,工人加薪就加薪吧。

卫城项目的事,黄韵云叫高山峰就在卫城守着,其他的事情暂时不要管。

高山峰正在宾馆里看电视,陈圆圆过来敲门。

"山峰哥,卫城有个公园,我们出去散散步。"陈圆圆对高山峰说。

高山峰说:"好的。"

高山峰和陈圆圆并肩走在公园里,公园里热闹非凡,有跳广场舞的,僻静处有打太极拳的,拉二胡的,散步的……

陈圆圆看到大妈们的舞蹈动作简单,也跟着跳起来。

音乐欢快,加入的人越来越多,大家脸上都洋溢着快乐的笑容。

陈圆圆也拉着高山峰跳起来,高山峰不愿意,陈圆圆硬把他拉进来。高山峰无奈,跟着大妈们摆动手臂,陈圆圆在一旁大笑不止,高山峰也开怀大笑。

跳完广场舞,陈圆圆又拉着他去跳成人华尔兹。那个大广场上,一群舞友们绕着广场旋转,看来都是跳了好多年的,动作娴熟,舞姿优美。高山峰其实也会跳,陈圆圆把他的一只手搭在肩上,另一只手搂住她的腰,高山峰只好带她滑到舞池里,跟着大家旋转起来。

陈圆圆的裙子飞扬着,像一只蝴蝶翩翩起舞。

陈圆圆拉着高山峰玩了一圈,跳得满头大汗,然后回到了宾馆。

高山峰洗好澡,打开电视,正准备给苏子涵发信息,陈圆圆电话打过来,说:"山峰哥,朋友从法国给我带了一瓶红酒,我带过来了,你到我房间里来喝。"

高山峰说:"不用了,我在看球赛,你自己喝吧。"

"女士主动邀请你,你居然这么不给面子。"陈圆圆故作生气道。

"不是的,我已经洗过澡了,看看电视就睡觉了。"高山峰解释道。

"山峰哥,你这样不够绅士,这可不是我认识的你。"

"圆圆,我真不过去了,我穿着睡衣,外面也有点冷了。"

"你睡衣外面套一件外套,我已经开了红酒,如果你不来,我就一直等下去。"陈圆圆固执的个性是从小养成的。

"一个男人与一个女人单独在宾馆,我怕有人说闲话。"高山峰依然拒绝。

陈圆圆一阵大笑:"我不会吃了你,我都不怕,你还怕。"

高山峰拗不过圆圆,只好换了衣服去敲门。

陈圆圆开了门,刚洗好的头发还是湿漉漉的,她穿了一件睡袍,外面披了一件长外套,露出脚踝。那睡袍领口很大,能看到她若隐若现的乳沟。

高山峰有点害羞地转过脸去,陈圆圆拉着他进来,给他倒上红酒。

这是个快捷酒店,房间不大,一个电视,一个简易书桌,一张床,一个洗手间。高山峰坐在床边一边看电视一边品着红酒,他明显有点心不在焉。

他把电视调到足球频道。

陈圆圆说:"看足球频道,喝红酒,亏你想得出来。"

她换到音乐频道。

高山峰想,如果要是苏子涵一定不会把他正在看的电视频道换掉。

陈圆圆说:"山峰哥,来干杯。"

"这个红酒味道纯正,是正宗的法国酒庄红酒。"高山峰品红酒一向内行。

"是的,我朋友去法国出差,特意从酒庄买来送我。"

"特意从法国酒庄买来送你,这瓶红酒价值不菲,什么朋友对你这么好?"

"一个追了我很久的男人。"陈圆圆说完,自己都笑了。

"可是,我陈圆圆只喜欢一个男人,那就是山峰哥你,我明知道你有女朋友,可我还是义无反顾地喜欢你。"

陈圆圆两杯红酒下肚,开始向高山峰诉说衷肠。

"圆圆,你真的很不能喝,你怎么一喝就胡言乱语。"高山峰看着圆圆微醉的样子说。

"我哪里有醉,我说的都是真心话。"陈圆圆笑中有泪。

"你再这样说,我要回房间了。"高山峰说道。

陈圆圆把杯中的酒一饮而尽,挡住高山峰,说:"不要走,山峰哥,陪我喝酒,不要走,好吗?"

"圆圆,你该休息了,明天还有事要处理,还要办一些手续,早点睡觉。"高山峰扶住陈圆圆的肩膀说道。

"不,还有一点红酒,我们把它分了,喝完我保证就睡觉。"

高山峰的脸明显也有点红了,拗不过陈圆圆,最后不得不把剩下的红酒喝完。

"可以睡了吧?酒也喝完了,我把你的头发吹干。"高山峰还是不放心马上就走,他看着圆圆的头发还是湿的,他找来吹风机,把圆圆的头发吹干。

陈圆圆仰卧在床上,高山峰给她吹头发的时候,她说:"山峰哥,你要能一直给我吹到老就好了。"

高山峰不说话。

陈圆圆依然话多。头发吹干后,高山峰起身要走,圆圆从床上跳起来,还是不让高山峰回去。

高山峰有点生气了,说道:"圆圆,不可以无理取闹。"

陈圆圆噘嘴道:"山峰哥,我今天要做你的女人。"

高山峰说:"不要乱来。"

这时,陈圆圆把睡袍一脱,赤裸裸地站在了高山峰的面前。高山峰瞬间惊呆了。

高山峰看着她挺拔的乳房,匀称的身体,他脸涨得通红。

陈圆圆眼睛火辣辣地直逼高山峰,酒瞬间醒了一半。高山峰抑制住体内的性冲动,保持正常的理性思维。然后,他把陈圆圆的睡袍从床上拿起,给她穿上,离开房间。

陈圆圆泪流满面。

高山峰·苏子涵

高山峰回到房间,睡在床上,辗转反侧睡不着。看看手表 12 点了,这么晚了,不知苏子涵睡了没有。

他发短信息给苏子涵:"睡了吗?"

不一会儿,苏子涵回复:"还没有,在看小说。"

高山峰:"什么小说?"

苏子涵:"卫慧《我的禅》。"

高山峰:"什么内容?"

苏子涵:"一个新潮、聪慧、纠缠在性与爱之间的女子,一直在寻找一种方式让生命变得璀璨。"

高山峰:"好看吗?"

苏子涵:"文字有些颓废,让人看后有断裂的感觉。"

高山峰:"断裂?高山峰在文字后面加一个表情符号。"

高山峰继续发:"你想我吗?"

苏子涵:"你说呢?"苏子涵故作神秘。

高山峰回:"我估计晚上做梦都有我的出现,对不对?"

苏子涵:"自作多情。"

高山峰发了一个表情哭泣的脸。

苏子涵:"你想我吗?"

高山峰:"每分每秒都想。"

苏子涵:"我也是。"

苏子涵:"你何时出差回来?"

高山峰:"等我处理完一些事,我就回去,不过,这个工程要到明年才结束。"

苏子涵:"这个周末回来吗?"

高山峰:"回来。"

苏子涵:"我去接你,你坐哪趟车?"

高山峰:"不用接,我下午3点到。"

苏子涵:"早点睡吧,想你哦。"

高山峰:"我爱你。"

高山峰就是喜欢苏子涵若即若离的味道,带着点知性、自我、迷茫,那些属于苏子涵特有的个性,都是高山峰特别喜欢的。

星期五,苏子涵向公司请了假,下午去接高山峰。她坐在出租车里,拿起镜子,看着镜子里的自己,涂了眼影和口红,还算满意。

苏子涵在人群里看到了高山峰,她兴高采烈地招手。当她看到高山峰旁边的陈圆圆时,手僵持在半空中,脸色一下阴沉了。高山峰看到苏子涵来接他,微笑着迎上前去。

陈圆圆也看见了苏子涵,她很不友好地看了苏子涵一眼,然后转眼对高山峰说:"星期一回卫城的票要不要一起买?我晚上订好。"

高山峰说好。之后陈圆圆坐进了公司接她的车里。

陈圆圆走后,苏子涵问高山峰:"你跟她一起出差?"

高山峰点点头。

"为什么?"

"因为这个项目是我们两家公司一起合作,我们两个是项目负责人。"

"哦。"苏子涵脸上明显不悦。

苏子涵在爱情里不属于那种主动型,这跟她的性格有关系,她有时会沉浸在自己的世界,所以,恋爱的时候,高山峰主动的多。

他们坐进出租车,高山峰不讲话,苏子涵也不知道说什么。苏子涵明显感到两个人之间少了之前的默契。她并不知道,高山峰的母亲黄韵云也反对他们的恋爱,她一直认为上次黄韵云对自己很好,所以心里倒是有底气。

叛逆的爱情

已经 11 月份了,整个城市进入初冬阶段,今年的冬天感觉来得早了一点。苏子涵独自走在家附近的公园里,她穿了一件灰色薄呢大衣,寒冷的风吹过脸颊,她裹紧了大衣。她走进电影院,去看了一场一个人的电影。

看完电影,苏子涵漫步走回家。

回到家,唐子臻发来邮件。邮箱里有她的照片,唐子臻在舞台上演奏钢琴曲,她又高雅了,她有时候感觉妹妹的生活离自己好远。

苏子涵觉得自己有些自怨自艾,这个性格连她自己都很不喜欢。

她依然回复唐子臻:"妹妹,加油,我们为你感到骄傲。"

然后她看手机,等待着高山峰的短消息。他在卫城,这个时候,不知道是不是跟陈圆圆在一起。

高山峰的短消息果然来了。

高山峰:"你在干吗?"

苏子涵:"看书。"

高山峰:"可以请假吗？到卫城来玩。"

苏子涵答应了。

吃早餐的时候,苏子涵对林秀说她要去卫城。

林秀问她:"去卫城干什么？"

"高山峰在那做项目。"

"你不能去,一个女孩子家单独去,成何体统。"林秀不同意。

"妈,没事的,我会有分寸。"

苏子涵赶到卫城,高山峰来接她。高山峰一路为她介绍卫城的小吃,卫城的街巷,卫城的开发建设。

高山峰一边开车,一边介绍,苏子涵看着他像个地导一样卖力地介绍着,深情地望着他开车的侧脸。

苏子涵看着高山峰说:"我告诉你一件事,我不知道该怎么办？"

高山峰说:"什么事？"

"我们俩的事,我妈不同意,她让我们分手,我们该怎么办？"

高山峰心里咯噔一下,他以为只有他妈不同意,想不到苏子涵的妈也不同意。

他没有说话,只是默默地抱住了她。

"到底该怎么办吗?"苏子涵在高山峰面前撒娇道。

"我也不知道该怎么办,我去你家,你爸妈不是对我很好吗?"

"我不知道问题出在哪里,她知道你妈是谁后,就不允许我们在一起了。"苏子涵想从高山峰脸上看到答案。

"只要我们相爱,谁也阻止不了我们。"高山峰充满力量的话让苏子涵安心。

黄韵云因为要到卫城来开个会,便准备第二天启程来卫城。

晚上,高山峰和苏子涵在床上缠绵了好久,苏子涵享受着高山峰的爱抚,这爱抚让她满足和宁静。

"咚咚咚"有人敲门,高山峰穿上衣服过来开门,是陈圆圆来找他。

"你这么早就睡觉了。"

当陈圆圆走进高山峰房间,看到已经穿好衣服的苏子涵坐在床上看电视。

陈圆圆看到苏子涵时惊叫了一声,苏子涵也看到了陈圆圆。

"你怎么会在这里?"陈圆圆质问道。

"你有什么事吗?"苏子涵反问道。

"我来找山峰哥喝酒。"她眼睛充满了嫉妒。

陈圆圆看到苏子涵也在,她也不便久留,便离开了。陈圆圆走后,苏子涵问他:"陈圆圆就住你对面?"

"嗯。"

苏子涵心有芥蒂,不想多讲,她便离开高山峰的房间。

第二天,黄韵云开完会就径直来到房间找高山峰,迎面撞上苏子涵和高山峰,她的脸立刻阴沉下来。

苏子涵看黄韵云严肃的表情,对她心生畏惧。

"黄姨好。"苏子涵跟黄韵云打招呼。

"你什么时候来的?"黄韵云问苏子涵。

"我昨天来的。"苏子涵认真地回答。

陈圆圆听说黄韵云来了,赶紧过来。她看见黄韵云,就发嗲道:"黄姨,你怎么来了?来了也不打声招呼,我好去火车站接你。"陈圆圆一向伶牙俐齿,好像忘了高山峰带给她所有的不快。

黄韵云握着陈圆圆的手,说:"不用了,我是来开会的,顺便过来看看你们,圆圆,辛苦你了。"

"黄姨,不辛苦,只要我们两家携手合作,就一定能把这个项目做好。"陈圆圆说这个话,看着苏子涵,她是说给苏子涵听的。

高山峰:"妈,中午一起吃个饭吧。"

黄韵云答应了。

高山峰把几个主管一起喊着,定了一个豪华包厢。

在互相介绍的时候,高山峰由于顾忌陈圆圆在场,还有黄韵云,就直接说:"这是苏子涵,中伟实业公司总经理助理。"

那几个主管都知道中伟实业公司。

"中伟公司,老板是方家伟,是吧。"一个主管说。

"方家伟,认识,认识。"

"那个台湾人,做事内敛,小心谨慎,蛮稳当的。"

苏子涵说:"是的,我们老板就是这样。"

话题越来越多。

有一个主管可能看出苏子涵与高山峰的关系。

"苏小姐,这么年轻,就做总经理助理,年轻有为啊。"开始惯有的酒桌吹捧文化。

苏子涵并不怯场,她也是见多了这种场面,只是高山峰的妈在此,她还是有些放不开。

黄韵云坐在苏子涵的对面,她看着苏子涵想起了与苏不凡的往事。

陈圆圆给黄韵云倒酒,黄韵云才缓过神来,再看到苏子涵,却又恍如隔世。

苏子涵也注意到了黄韵云想从自己脸上寻找到什么,她不知道自己的妈与高山峰的妈之间发生了什么。她努力让自己友好地直视黄韵云。

黄韵云明显很不高兴她的直视,厌恶地垂下眼睑,去和其他主管聊天。

其中一个主管和黄韵云耳语,问:"这个女孩是不是高山峰的女朋友?"

黄韵云小声回应说:"她一直追山峰,我心中的最佳人选是圆圆,圆圆直爽,有胆量。"黄韵云心里本来打算接受苏子涵的,因为这层关系,黄韵云又开始拒绝苏子涵。

陈圆圆为了讨好黄韵云,不停地帮黄韵云代酒,而在一旁的苏子涵并不是不愿意亲近黄韵云,可能互相心有不快。

一顿饭下来,苏子涵感觉就像一场鸿门宴,胆战心惊。

黄韵云忽然说:"在我心目中,陈圆圆才是我的最佳儿媳妇的人选。"

陈圆圆听到这个话,心里乐开了花,得意地望向苏子涵。

高山峰没说话。可是,此刻的苏子涵心里像打翻了五味瓶,很不是滋味,她让自己冷静,但又觉得有被人打了一巴掌的感觉,在大庭广众之下,有一种委屈难以言表。她做不到被人看轻,还能神情自若地坐在那里。那种感觉如坐针毡。想哭,又觉得哭是无能的表现。

饭局也快结束了,苏子涵找个理由起身告辞,高山峰追了出去。

"你回去吧,我们之间看来真的没有缘分,你妈不同意,我妈也不同意,我们这段不被看好的爱情得不到家长的祝福,最终是没有结果的。"苏子涵悲观地说。

"子涵,你不要那样说,我们只有坚持,才能抵挡住一切的干扰,你退缩了吗?"高山峰眼里充满忧虑,但看着苏子涵仍然深情满满。

"是的,我感觉快撑不下去,这么多的压力让我喘不过气,我不知道我妈与你妈之间到底发生了什么事,你最好回去问问你妈,她这么说,在乎过我的感受吗?"

"子涵,我不能没有你。"

苏子涵哭了,她从来都没有一种被撕扯的感觉,这一刻就出现了这种感觉,她打出租车回宾馆,收拾行李离开卫城。

还 是 家 好

苏子涵敲门,林秀开的门。她看到苏子涵沮丧的样子,猜到女儿在外面肯定受了委屈。

苏子涵回来就躲进自己的小屋,倒在床上,把头埋进被子里,大哭起来。

林秀站在房间门外,探听里面的动静,隐约听到苏子涵在哭,她心急如焚。

林秀敲门,苏子涵不应,她再敲,苏子涵才缓缓打开门,林秀看她眼睛红肿。

"发生了什么事?"林秀问。

"没什么。"苏子涵擦干眼泪。

"我是你妈,有什么问题,你跟你妈都不讲吗?"

"妈,我心情不好,真的没什么,过几天就好了。"

"你不只是心情不好吧,说吧,妈妈愿意做个倾听者。"林秀放缓了语气,有让人倾诉的欲望。

苏子涵想了想说:"妈,你和高山峰的妈之间到底发生了什么?"

林秀一愣,立马严肃起来,这个话题迟早还是要说。

"黄韵云和我以前是最要好的朋友,但为了你爸爸,她可能记恨于我,她也喜欢苏不凡,最后我们变成了情敌。"林秀的思绪又回到过去,她那时和黄韵云无话不谈,夕阳西下,她们手牵手走过小桥。

"那后来呢?"

"后来,我们就没有见过面,也不知道她发生过什么事。"其实,林秀知道得并不全面,她不知道黄韵云跟苏不凡发生过关系。她一直以为黄韵云只是嫉妒她跟苏不凡在一起。

"她跟高山峰的爸离婚了,她一手创造了自己的事业,现在是女强人了。"苏子涵告诉林秀。

"你现在发生了什么事?"林秀反问苏子涵。

"高山峰的妈也不同意我们在一起,而且说话特别难听,当着众人的面不承认我。"

"碰了一鼻子灰,是不是?妈妈告诉你不要主动贴上去,你不听,最后被人家瞧不起了吧,当妈的还能害自己的女儿吗?"

苏子涵躺在床上,呆呆地看着天花板。

"妈,你说我和高山峰是不是没有缘分?"

"也许都是命运的安排,我们上一辈子的缘分未解。"

"可是我好爱高山峰,这段感情,不能说散就散。"

"顺其自然吧。"林秀也不想强迫苏子涵,尤其是这个时候。

苏子涵拥抱住林秀,像个小女孩一样。这种拥抱让林秀有一种久违的亲切,以前的小姑娘长大了,她抚摸着苏子涵的头发,好久都没有感受把苏子涵抱在怀里的那份亲昵了。

卫城项目有变

冬去春来,卫城项目已近完工,进入最后外墙粉刷阶段。

高山峰坐在办公室里,项目主管进来告诉高山峰:"高总,有一个坏消息,在我们卫城项目的南面,有开发商要盖超过我们项目一倍高的楼房,如果他们的楼房盖起来,直接影响我们的光线不说,还影响我们楼盘的销售。"

"你去打听一下这个楼盘是谁的,谁给他批的?"

高山峰眉头紧锁,这个坏消息对他来说,真的无疑是个晴天霹雳。

"如果要真盖起来了,我们怎么办?"

"这个是我们失误的地方,前面的复建楼应该也买下来,我当时考虑过,董事长说那是复建楼又不拆迁,没必要买,就是买了,价钱也太高。"

"能够买前面那块复建楼的,也应该是大财团了。"

高山峰在思索这个问题如何向董事长汇报。

"你先去查,查好了我们再商量。"高山峰对主管说。

第二天,主管查到了详细事宜。

"高总,买下复建楼这块地的是一个退休市领导的亲戚,而且价格拍得也比一般地价贵。"

"就是说,走的好像还是正规程序。"

高山峰手里拿着笔,不知道如何决策。

主管好半天才说:"高总,接下来我们该怎么办?"

高山峰脸色阴沉,只说了一句话:"等我汇报董事长后再说。"

黄韵云知道这个事后,立刻召开会议,和董事们讨论如何应对。

"事已至此,卫城项目已经完工,我们也只能观望。"一个董事说。

"我们不能坐以待毙。"

"那怎么办?难道能让他不盖吗?"

"要盖也不能挡住我们的风水。"

"这事要跟市政府商量一下,不能说盖就盖,我们是为了卫城的建设才去开发,必须要让我们达到双赢的结果。"

董事会上,激烈的讨论,黄韵云看到大家的发言都没有实质性的帮助,便把自己想到的方案说了一下。

"我想了几个方案:第一,同华夏公司商议,看他们能不能修改方案,侧开盖房子,让风水大师过来测评,不要挡住我们的风水;第二,征求市政府的意见,能否在我们把楼盘销售后再允许对方开工;第三,可能做这些沟通,都需要资金支撑,而这些资金要算到成本里,无疑又增大了成本,房价升高,不知道市场又如何。"

其他董事说:"也只能按照董事长的方案一步一步实施了。"

接下来,黄韵云安排了一下具体工作实施人员,剩下的工作让高山峰处理。

大家走出会议室的时候,都默默祈祷,希望一切能顺利进行,因为这个关系到每个人的利益。

卫城项目依然不顺利

高山峰感到压力很大,卫城项目一直是他在主管,遇到这个事,他非常懊恼,有挫败感。最近,爱情和事业都不顺利,他连着几个晚上都没睡好觉,便找了几个朋友去酒吧喝酒。

在灯光摇曳的酒吧里,高山峰的两个朋友陆续到来。

"高公子,有什么烦恼我们哥们儿都会倾力相助。"高山峰的朋友从小玩到大。

"这次可能你们也帮不了我。"高山峰面容憔悴。

"到底发生了什么事?看你愁眉苦脸的。"

"不说了,不说了,不谈公事,只喝酒。"

"闷酒不能喝,有些事情说出来就舒服了,闷酒喝了伤肝。"

"是的,我们哥们从小一起长大,还有什么不好说的。"另一个说。

"最近,爱情和工作都遇到了点问题,我和苏子涵的事,两家都不同意,工作上也出现了一些棘手的事情,烦死了。"

"你和你的女朋友不是都见过双方家长了吗?"

"哎,一言难尽啊。"

酒吧的吧台上,有一个男歌手唱着许冠杰的《浪子心声》:

难分真假

人面多险诈

几许有共享荣华

檐畔水滴不分差

……

此刻的高山峰有一点无奈,有一点伤感。

第二天,高山峰就赶去了卫城,处理相关事宜。

陈圆圆到办公室,看到高山峰就说:"工作人员看到他们来跟复建楼的人谈拆迁补偿事宜,据说他们补偿比例也比我们高,居民全部同意了。"这一次,这个开发商来势凶猛。

高山峰做好了最坏的打算,他已经不怕听到什么坏消息了。

他平静地对陈圆圆说:"好,我知道了。"

高山峰在办公室的电脑上搜索着这个公司的简介。看着该公司的文字介绍,想着解决方案。

后来,高山峰想到去找开发商谈判,希望能找到两全的办法。但是,这个大财团并没有把他们放在眼里,那是个有背景、有实力的公司,他们就是要盖卫城最高、最好的建筑,成为卫城的地标。

所有的计划都失败了,项目部没有能力去阻止对方不动工,也没有能力说服市政府,让他们停止项目。

黄韵云在办公室大发雷霆:"明摆着是冲着我们来的,看看还有没有其他招数来应付。"

"董事长,我们只有卖精装房,但是,这个成本太高,如果价格卖不上去,反而弄巧成拙。"

黄韵云思考了一下,摇摇头说:"是不行,本身前期投入的资金已经超出了预算。"

这时,有人敲门。

"进来。"黄韵云说。

"董事长,有一个内部消息,我们楼盘出售的时间和对方楼盘开盘时间居然是同一天,他们出售的是精装房。"

黄韵云说:"对方真是步步为营啊,不管他了,就一起开盘吧。"

开盘当天,对方售楼处门庭若市,人流攒动,价格几乎比峰韵公司的贵了一倍,却在几天之内被抢购一空。而峰韵的售楼处却显得门可罗雀,冷冷清清,几天下来,就卖出去几套。

这对于黄韵云来说是很大的打击,她在这个项目投入最大,期待最大,贷款最多,还借了陈洪海两千万。当天,黄韵云就病倒了。

她在办公室两眼一黑,昏倒了。公司里的人都吓坏了,立刻喊了120,把她送到医院。

医生诊断黄韵云心脏博动大,是情绪受到刺激,压力太大造成的,还有颈椎压迫到神经,再受到刺激,造成脑供血不足,所以昏倒。

高山峰立刻从卫城赶到医院,陈圆圆也跟着一起过来。公司领导层都在,陈洪海夫妇也过来看黄韵云。

黄韵云无神的眼睛望向窗外,公司的人都劝说:"商场如战场,哪有没输过的,你放宽心,静观其变。"

"我在生意场上,从来都没输这么惨过。"黄韵云说。

"算了,想开点,事情已经这样。"

"房子卖得不好,我还有银行贷款怎么还啊?"

大家都鸦雀无声,忽然陈洪海带头说:"放心,韵云,你的钱我们先凑着还银行,我再出两千万。"

紧接着,人群里也出现了:"我出一千万。"

"我也出一千万。"

"还有我。"

"我出一千万。"

……

黄韵云热泪盈眶,感激地望向大家。

"董事长,振作起来,我们期待您东山再起。"大家为黄韵云鼓足气势。

黄韵云看着高山峰和陈圆圆,对着陈洪海说:"我没有什么可以回报的,你们家对我们家的帮助这么大,我要让高山峰迎娶圆圆进家门,我会把圆圆当女儿一样看待。"

高山峰一愣神,黄韵云认真地看着他,眼神中透露着不容反抗。

陈圆圆喜出望外,这句话比什么话她都喜欢听。

陈洪海虽然喜欢高山峰,但是,他还是说:"让孩子们自己做决定吧。"

"不,这门婚事就这么定下来了,择日结婚。"

高山峰依然沉默。在这个时候,他做任何决定都会再刺激到黄韵云,他只有保持缄默。

黄韵云整个生病期间,陈圆圆忙前忙后,她俨然为了黄韵云的承诺,忙得不亦乐乎。

高山峰面对这样一个局面,内心有说不出的纠结。他有时在想,就这样吧,按照长辈的意愿,公司的意愿,缘分的意愿,放弃自己的爱情。也许婚姻根本不需要爱情。可是苏子涵,这个犹如在心上刻着的一个名字,怎么能够说断就断。

黄韵云出院回家,高山峰一直细心照顾,黄韵云知足地望着高山峰,说:"儿子啊,这些天辛苦你了。"

"妈,你这说的什么话,你养我这么大,我照顾你不是应该的吗?"

"儿子,答应妈,你一定要跟圆圆结婚,否则,我们这一关就不好过,妈妈奋斗了一辈子的心血,我不想看着它付之东流。"

高山峰不知道该怎么回答她。

"儿子,就算妈求你了,你长这么大,妈从来没有求过你,圆圆是适合的儿媳妇人选。她嫁进我们家,对我们公司帮助很大,这样不是皆大欢喜吗?"

"妈,你让我想想。"高山峰无奈地说。

爱情注定凄美

高山峰躺在床上,反反复复地思索。

这一觉睡到天空大亮,他猛地坐起来,整理整理思绪,开始了新的一天。

下午的时候,高山峰给苏子涵发了信息约她晚上见面。

苏子涵同意了,地点选在他们第一次见面的"依枫"咖啡厅。

高山峰坐在咖啡厅的座位上等苏子涵。还是那个临窗的位置,他回忆着第一次见到苏子涵的模样,那个女孩白皙的皮肤,洁白干净,有着淡淡忧愁知性的气质,一下就吸引住了他。窗户外,人流依然如织,那些俊男靓女都在新社会的生活里享受着爱情的甜蜜或时代的馈赠。

这时,他看到了苏子涵。路灯下,苏子涵依旧是那种高贵的气质。她匆忙地过了一个马路,往咖啡厅这边走来。

高山峰看着她,瞬间有一种心疼的感觉。苏子涵进入咖啡厅,寻找高山峰。高山峰向她招手,她一边搓着双手,一边抚摸着自己冻红的脸,嘴里说着:"冷空气来了,外面好冷。

咖啡厅里好暖和。"眼睛不看高山峰,却明显带着爱意,含羞带笑。

高山峰微笑地看着她,给她点了一杯热咖啡暖手。苏子涵深切地看着他。

咖啡厅里的轻音乐萦绕,像一件纱衣轻抚人脸。在这样一个环境里,只有温暖,没有痛苦。

今天的苏子涵尤显妩媚,动人。高山峰始终开不了口。

"你的脸冻红的样子,就像一颗桃子。"高山峰盯着她看,满眼是怜爱。

"有吗?"苏子涵伸出手抚摸着脸,又看看被风吹红的双手,伸出手给高山峰看。

苏子涵的手指修长,中指上带着一个戒指。"好不好看?'I do'的,这个牌子的戒指我都好喜欢,我希望等我结婚的时候,就买'I do'的婚戒,峰,你觉得呢?"苏子涵眼睛用力地去看高山峰,希望能得到他的答案。

高山峰微笑地看着她,内心十分痛苦,他希望能给子涵承诺,但是现在的他根本做不到。

"子臻打电话来说,叫我们有空去美国玩。"

苏子涵有些时候没见到高山峰,感觉有好多话要对他说。

"你今天怎么那么沉默,最近工作顺利吗?"苏子涵问他。

高山峰摇摇头。

他终于下定决心开口了:"子涵,我有一件事想告诉你。"

"说吧。"苏子涵等待着他的语言。

"我们分手吧。"

苏子涵听到这个话,动作立刻僵持了,脸色严肃,收起了刚刚兴奋的神情,呆愣愣地望着他好半天。高山峰垂下头去,不敢面对她的目光。她没有料到高山峰今天约她是为了说分手,像苏子涵这种自尊心强又倔强的人,对方提出分手,她一定会答应。

苏子涵坐在那里一动不动,内心爱的堡垒已经坍塌,她忽然感觉,坐在面前的高山峰怎么变得那么陌生了。

"你不爱了吗?"苏子涵也垂下眼睑,握紧着自己的双手,好像那双手总也握不紧,不停地颤抖。

"子涵,对不起,我们分手跟这个没有关系。"

"跟爱没有关系,跟什么有关系,就像你妈说的,你不应该选择我,你们家选择陈圆圆是最好的选择,是吗?"

"子涵,我有苦衷,有些时候我没的选择。"

"我明白了。"苏子涵长舒一口气,无奈地望着窗外,街道上还是人来人往,热闹非凡,但是,"依枫"咖啡厅已经冰冷如窖了。

他们之间简短的讲话,瞬间拉开了彼此之间的距离,恍惚间,角色忽然变回到第一次认识时。

高山峰手机铃响了,是黄韵云打来的。她让高山峰赶紧回去。

苏子涵看看他,客气地说:"你有急事,先回去吧。"

高山峰礼貌地和她说再见,眼神和语气就像刚认识时一样。

高山峰离开后,苏子涵呆呆地坐在那里,像等待世界末日来临般,心如刀绞。

泪水滴在咖啡里,漾起波澜。

咖啡店里的音乐依然响着:

……

幸福没有那么容易　才会特别让人着迷

什么都不懂的年纪曾经最掏心

所以最开心

……

分手后遗症

高山峰刚走,苏子涵就开始想念了。

苏子涵不知道自己坐了多久,也不知道怎么回的家。她回到家,就把自己关在房间里。

林秀和唐文彬已经睡觉了。

苏子涵躺在床上,回忆如电影般放映,点点滴滴,占据了她整个脑海。可能是咖啡的原因,她了无睡意,过了很久,胃里开始翻江倒海,疼痛难忍。她开始拉肚子,不停地上厕所……

折腾了一晚上,过了很久,她才疲倦地睡去。

一大早,林秀喊苏子涵上班,苏子涵醒来,感到头重脚轻,便打电话去公司请了假。林秀说:"请假也要起来吃饭。"

苏子涵起床,打开房门,林秀看到苏子涵脸色苍白,眼圈发黑,紧张地问:"你怎么了?生病了吗?"然后去摸苏子涵的额头。

苏子涵顿时哭了起来,林秀更加紧张了,追问:"到底发生了什么事?"

苏子涵哭了好半天,才说:"妈,高山峰和我分手了。"

林秀这才明白了,舒了一口气,摸着苏子涵的头说:"傻丫头,不就是分手吗,过一段时间就会忘记的,没有什么过不去的。"

苏子涵抹了抹眼泪,站在镜子前,看着镜子里的自己显得很苍白,很憔悴。她不知道为什么自己的母亲对于她和高山峰分手这个事情看得那么轻松,但是对于她来讲,她觉得整个世界都要塌了。

"你们谁提出来的?"林秀问苏子涵。

"他昨天晚上提出来的。"

"为什么是他提出来的?"

"不知道。"

"打起精神来,你那么优秀,妈再托人给你介绍一个优秀的男孩。"

苏子涵在林秀眼里,与唐子臻一样优秀,一样疼爱。她甚至会更加疼爱苏子涵一点,因为她没有亲生父亲,这是她一直心疼苏子涵的原因。

苏子涵摇摇头,眼泪不争气地又流下来了。

"你们分手了,你难道还不嫁人了?你看你这个样子,这还是你苏子涵吗?"林秀给苏子涵打气。

苏子涵一边哭一边用手去擦眼泪,眼泪越擦越多,她感到自己狼狈极了。

高山峰回到家,黄韵云头晕需要卧床休息。

高山峰说:"妈,你好好休息一段时间吧,其他的事交给我。"

"看来我真的老了,不服不行啊。"

"妈,没有人不会老,你只是需要休息,你叱咤商场这么多年,也该好好休息了。"

"儿子,你和圆圆的婚事什么时候进行?"

正在旁边叠衣服的高山峰停下来。

"妈,这个问题我会处理的。"

"我告诉你,其实婚姻里没有绝对的爱情,会生活的人都没有那么看重爱情。"

"可是,婚姻里没有爱情是不会幸福的。"

"圆圆和你从小就认识,她一直喜欢你,我看得出来。如果没有苏子涵,我想你一定会首选圆圆的,对不对?"

高山峰低着头,继续叠衣服。

"圆圆家对我们家帮助那么大,她们家对我们家的恩情,我们终身难报,陈洪海也很看重你,你不要辜负他。"

"妈,我已经和苏子涵分手了。"

"噢。"黄韵云乐在心里,表面很平静。

"跟圆圆商量一下婚期吧,等我好点,我们去她家提亲。"

"妈,让我缓几天再说,好吗?"

高山峰离开黄韵云的房间,回到自己的房间。

他心情沉重,背负着儿子和公司总经理的角色,他不知道自己该如何做。他已经快刀斩断他与苏子涵的爱情,现在的他像一个失重的人,只有继续做该做的事,其实,内心也是心如刀割的,那种难言的酸楚在这个黑夜里无人诉说。

他打开CD机,卢冠廷的《一生所爱》:

从前现在过去了再不来

红红落叶长埋尘土内

开始终结总是没改变

天边的你漂泊白云外

苦海翻起爱恨

……

苏子涵在家里昏睡,窗帘拉上。她已经不知道外面今夕何夕,她戴上耳机听音乐,那些音乐就像回放的电影,一幕幕全是高山峰的影子。

苏子涵感觉头昏沉沉的,她开始喜欢回忆了,回忆里全是温情,她忘记了分手这个事实。

林秀敲门,把苏子涵带入现实中。林秀看着女儿颓废不堪的样子,又气愤又心疼,她怒吼道:"苏子涵,你给我醒醒,不就是分手吗?以后你会遇到更合适的。"

苏子涵把头埋进被子里大哭,她觉得她失去高山峰比死还痛苦,她觉得高山峰是她生命的一部分,她无法忘记他。

"你这么没出息,失去一个男人就变成这样,你不要你妈了吗?我把你养这么大,你的心难道属于别人。我算明白了,你跟子臻差的不仅仅是才能,还有心智,子臻虽然比你小,可是她却比你坚强。"

"是,我没有子臻优秀,我没有子臻能干,是因为她有父亲,而我没有。"苏子涵大吼着。

"你一直在纠结这件事上,从小到大,你都在孤影自怜。你父亲苏不凡逝世,没有人不痛苦。"

林秀也哭了。

"同样是我林秀的女儿,你为什么甘于落后妹妹,你是姐姐,你应该比妹妹成熟,你应该起榜样作用。"

"我做不到,我是有娘生,没爹教的。"

林秀一个巴掌打到苏子涵脸上,流着泪说:"你是有娘生,没爹教的,你知道那些年我是怎么挺过来的,为了你,我都能挺过来,你为什么不面对现实,你怎么是我林秀的女儿。"

这时,唐文彬看到了这一切,他很心酸。虽然他对唐子臻更付诸心血,但是,他对苏子涵视如己出,一点都没有把她当作外人。

"子涵,子臻是我唐文彬的女儿,你同样也是我唐文彬的女儿,你忘了你小时候骑在我背上,子臻跟你争抢,我依然背着你吗?"唐文彬看到苏子涵现在变成这样,同样气愤不已。

苏子涵坐在床上,头埋进双膝里,头发散落着,狼狈又憔悴。

"是你跟我产生隔阂,我说重说轻都不好,可是,我是一直关注着你的成长啊。"唐文彬压低嗓音说。

苏子涵上前抱住唐文彬,喊了一声:"爸。"大哭不止。

唐文彬抱着苏子涵,眼眶也泛红了。

林秀看到苏子涵这个样子,仿佛又看到了年轻时的自己,看到自己那时候的伤心,她走过去,抱住唐文彬和苏子涵。

"子涵,这只是人生的刚刚开始,你以后要面对的问题比这个要多得多,有些时候,你只有坚强地、勇敢地去面对,当时间过去了,你迈入中年、老年,才会发现,失恋原来是一件多么美的事情。"

苏子涵这个时候是听不进去的,她只有经历过分手的伤痛,以后才会更加坚强,这就是人生的定律。

人生多波折,就像电视剧里的情节,谁能够总是一帆风顺。林秀感叹,自己到老一定要写一本自传,能活到现在,也是传奇。

苏子涵浑浑噩噩地过了一段时间,消沉地工作,消沉地回家,内心孤独而凄冷。经常一个人呆呆地坐着,回忆着,自己与自己作战。

林秀看在眼里,痛在心里,她不想女儿这么伤心,于是她决定去高山峰家一趟。

林秀·黄韵云

当林秀站在高山峰家的客厅里,黄韵云与她四目相对时,空间和时间都变得沉重了。两人都回到了从前,恍如隔世,那个无忧无虑的少年时光,一去再也不复返了。

黄韵云看到当年的林秀现在也变得平庸无奇了,只是那个脸的轮廓还依稀可见当年的美丽,她的腰不再有年轻时的纤细,面色不再嫩白,透着暗黄,她穿了一件棉大衣,脱掉大衣,是一件高领羊绒衫。这个她嫉妒了半生,羡慕了半生的人,在黄韵云眼里也不过如此了。两个人都心情复杂,心照不宣。

林秀坐在沙发上,黄韵云叫阿姨倒水。

"好多年不见了,你过得不错。"林秀先开口了。

林秀看着她烫着大波浪,肤色和气质都不错,家里装修豪华,儿子高山峰优秀,帅气。

黄韵云心悸动了一下,这句话,她等了几十年,林秀终于承认她黄韵云是成功的,她是不输于林秀的了。

"你也不错,宣传部部长夫人。"

高山峰不在家,林秀开门见山质问黄韵云。

"高山峰和苏子涵的爱情,你持什么态度?"

黄韵云也不示弱。"我不同意。"直截了当。

"是因为我的原因吗?"

"不全是。"

"那为什么?"

黄韵云眼神飘到远处,沉默中,听到客厅的钟在机械地摇摆着。

"我起初也是不同意的,因为高山峰是你的儿子,可是他们是相爱的,我后来想,我为什么要不同意一对相爱的人?他们分手了,我知道一定是你的决定。高山峰这个孩子我见过,你培养了一个优秀听话的儿子,我也很喜欢他,看得出来他们很相爱,我们为什么不能支持他们的爱情?"

"我为什么要支持他们的爱情?我苦苦栽培的儿子,怎么可以随便找一个女孩。"黄韵云讲话不留情面。

"高山峰优秀,我家子涵也不差,她的生父是法官,继父是宣传部部长,她出身好、长相好、能力好,哪一点配不上高山峰?"

"苏子涵条件这么好,大可不必找我们家高山峰。"

"你太固执了,你这样拆散一对恋人,你会遭到报应的。"

"你不会有报应?你一辈子都是生活在爱情里吗?活到

如今,你还认为爱情是那么重要的吗?"

"爱情当然重要,如果没有苏不凡,没有唐文彬,我不知道我的生活会有多糟,所以,这是你无法体会的,因为你根本就没有真爱过。"

这句话说到了黄韵云的软肋上:"我没有爱过,我根本不屑于爱。"

"难道你不想让你的儿子幸福?你不希望他遇到真爱?你残忍地剥夺你儿子的幸福。"

"你知道我经历了什么?你有什么资格这样评价我?为了今天,我付出了多少代价才能获得,我为什么要我的儿子在重蹈我的覆辙,跟我的过去搅在一起,是你愿意的吗?"

"你为什么要记恨我?我们曾经是好朋友,你知道高山峰和子涵的相爱那是上天的安排,那是我们之间未完的缘分。"

"正因为这种关系,我才不要他们在一起,苏子涵是苏不凡的女儿,我儿子怎么能娶苏不凡的女儿。"黄韵云积郁了多年的话喷涌而出。

"苏不凡有优良的品质,骄傲的基因,你为什么不要苏不凡的女儿?"

"因为我曾经也喜欢苏不凡,而苏不凡只喜欢你,因为你们,我随便找了一个不爱的人嫁了,我有今天的成绩,全部都是拜你们所赐。"

"你喜欢苏不凡,我是知道的,可是那又怎样?"

"我跟苏不凡上床的当天,他却喊着你的名字,我一辈子都不会忘记这种耻辱。"

林秀被黄韵云这句话惊掉了下巴,她不知道苏不凡与黄韵云之间还有这个事。她回想了一下,之前她跟苏不凡结婚时,苏不凡执意不请黄韵云,原来是有原因的。

"可是,一切都过去了呀,苏不凡早已不在了。"林秀声音沉下来,带着苦楚。

"他在与不在,至于你们过得好与不好,我想都跟我黄韵云没有任何关系,我不想牵扯上任何瓜葛。"

林秀看着她,摇着头说:"你好无情,你怎么变得这样冷漠,你不再是以前那个温情的黄韵云了,我经历的痛苦不比你少,可是我比你通人情。"

黄韵云冷笑着,眼神中显出一丝凄凉。

林秀离开后,黄韵云手扶住桌角,心脏阵阵绞心地疼痛。

林秀坐在车上,刚刚的一幕重现,像一个梦一样。她与黄韵云的少年时光还历历在目,那张嬉笑的脸还深深地印在脑海里,而现在女强人一样的冷漠无情让她无法分辩过去和现在。她觉得这条路走不通,她要找高山峰谈谈。

神秘的青铜器

黄韵云吃完晚饭,高山峰不在家,保姆周末也回去了,她独自一人在花园里修剪花草。她深深地吸了一口气,这香气能够令她身心都舒服,可以忘记烦恼。小花园里有一个路灯,从花园照到客厅,客厅的落地玻璃门透着光亮,黄韵云努力了半生,在这栋别墅里看到了财富的缔造,是最令她满意的地方。她绝不要高山峰为了所谓的爱情而失去财富,这么多年来,正是因为没有爱情,她才有今天。她对爱情产生了不屑。

她走进客厅,看了一晚上电视剧,她看了看时间,都晚上11点了,高山峰还没有回来。她准备关上电视,回房间睡觉。刚把客厅的灯关掉,就听到一声金属撞击的声音,她以为是什么掉下来了,然后她开灯找了找,没看到什么掉下来,又把灯关掉。刚关掉,又听到几声金属撞击的声音,她开始有点狐疑到底是什么声音。她又开灯,这下她把客厅里里外外都找了一遍,没发现什么,然后又打开客厅的门,看了看门外有没有人敲门,好像都不是。这个别墅前后都有摄像头,小区管理得相当好,没有一起偷盗砸抢事件发生,住户都很有安全感。她想也许是听错了,这才关上客厅的门和灯,准备睡觉。刚关上灯,又听到那个熟悉的金属声音,黄韵云不那么淡定了,心脏开始怦怦跳,紧张的情绪让她绷紧了神经,她没有再开灯,她对自己说,活到今天,什么事没见过,她尽量保持冷静。黄韵云仔细听着,那声音好像是从古董架上的青铜器发出来的,她立刻打开灯,客厅里马上灯火通明,她走到古董架旁边,看看青铜器,拿下来,敲了敲,就是这个声音。

这时,高山峰回来了,客厅门一打开,黄韵云一个激灵,紧张地看了一眼大门,脸色苍白。

"妈,你在干吗?这么晚了,还不睡觉。"

黄韵云才反应过来,大大地喘了一口气:"儿子,我刚刚遇到很奇怪的事。"

"什么奇怪的事?"

"就是这个青铜器总是发出敲击的声音,我关了三次灯,三次都有敲击的声音。"

高山峰把青铜器捧在手上,左看看,右看看,没看出什么。"妈,你是不是耳朵听错了?不是这个发出的声音。"

黄韵云急了:"我们这个别墅区,晚上安静得一根针掉下来都能听到,我耳朵怎么会听错,你妈我还没老,不会听错。"

"那我们再试试看有没有那个声音了。"高山峰说。

高山峰把所有的灯都关掉,和黄韵云坐在楼梯上,等着。等了好半天,那声音再没出现。

黄韵云把灯打开,问高山峰:"这个青铜器是从哪里买来的?"

"古玩城。"

"你有没有打听过他的历史?"

高山峰忽然想起来,这个青铜器是苏子涵的父亲苏不凡留给苏子涵的妈的,但是,他不便告诉黄韵云听,就说:"妈,你安心去睡觉吧,我明天叫人去查一查青铜器的历史。"他搂着黄韵云拍拍她的肩膀。

黄韵云才安心地睡了。

林秀对子涵的爱

高山峰和林秀约在一个咖啡馆里见面。高山峰先到,看到林秀,礼貌地起身。林秀看着他,也没有之前看到的意气风发。

"子涵好吗?"

"你们分手了,她能好吗?"

高山峰低着头,搅动着面前的咖啡。

"山峰,我与你妈同时喜欢子涵的生父,这是你妈不同意的原因,她不想让你找一个她没有得到的人的女儿。"

高山峰同样是吃惊的,他不知道自己的妈和苏子涵妈之间的故事。

"你们如果真心相爱,为什么要受过去所羁绊?"

林秀不知道,高山峰不仅仅是为了黄韵云的反对,他更多是为了公司的利益,这个公司是黄韵云用了毕生的精力一手打造的半壁江山,他是儿子,他不能让它毁于一旦。

他有不得已的苦衷,可是他却没办法向林秀解释。

"你爱子涵吗?"

高山峰点点头。

"你爱她,为什么还要分手?你们彼此都很痛苦,何必呢?"

"林阿姨,有些问题,你不了解,我和子涵之间我会考虑的。"

"阿姨以一个过来人的身份告诉你,在相爱的时候,不要轻易说分手,否则内心的伤痕会终身难愈。"

"我明白的,林阿姨。"

林秀刚走进家门,唐文彬就告诉她唐子臻明天回来。这是最近唯一感到高兴的事情了。

林秀喊苏子涵吃饭:"子臻明天回来了,子涵,我们明天去接她。"

苏子涵浅浅地笑着:"好的。"

"子涵,打起精神来,只是失恋而已,当你几年后再看现在,你会觉得这事实在太小,人生的路很长,你不应该顾影自怜。"唐文彬一席话,说得一针见血。

唐文彬的话对于苏子涵来说,还是受用的。唐文彬平时话不多,但是每次说话都很有分量。家里还是温暖的,只是她一直封闭自己,以为家里都以唐子臻为中心,其实,父母亲一样是爱她的,她现在才体会到。

晚上,苏子涵趴在书桌上。记录此刻的心情:

夜凉如水,水能覆舟,爱情与我,深情如水,却把我淹没其中。当时的温柔,当时的快乐,都成为我覆水的埋伏,爱情无力,我抓不住时间,也抓不住未来。

高山峰,再见了!别了,曾经的爱!别了,过去的情。我要把爸爸当左臂,妈妈做右臂,前进,前行!

苏子涵写完文章,合上日记本,泪流满面,她要跟高山峰在心里告别,多么不舍。

青铜器的探源

黄韵云坐在办公室里,她把青铜器拿到了公司,并叫人去查这个青铜器的来源。

第二天,工作人员告诉她这个青铜器是古玩城289号"宝丰堂",一个叫林刚的老板卖出去的。黄韵云并没有联想到林刚是林秀的弟弟。

她驱车来到古玩城,找到289号,出于对这个青铜器的好奇,去探个究竟。

她走进"宝丰堂",林刚的老婆正在店里,看到有客人来,眼睛看了一眼,并没有过分热情。这是会做生意的老板,有的老板过分热情,反而阻碍了顾客欣赏物品的心情。黄韵云转了一圈,看到有两个营业执照,其中一个营业执照上的地址是古平镇望里街67号。黄韵云一愣,心里想着,这个老板难道是古平镇的人。

"老板,你是古平镇的人吗?"黄韵云上前询问。

林刚的老婆点点头,然后上下打量了一下黄韵云,看她穿衣气质便能看出此人是富贵之人。

"我也是古平镇的人,你家住哪条街?"古平镇很小,街道没几条。

林刚的老婆和黄韵云就这样聊起来了。

当黄韵云知道林刚就是林秀的弟弟时,不免惊讶万分。

"林秀是我以前的好姐妹。"

林刚的老婆觉得和黄韵云之间又亲近了一分。

黄韵云拿出青铜器问:"这个青铜器是你们店里卖出去的吗?"

"青铜器原来在你手上,不是一个年轻小伙子买的吗?"

"那个小伙子是我儿子。"

"原来如此,怪不得你们气质这么像。"林刚的老婆说。

"我想问一下,这个青铜器是你自己的吗?"

"这个是林秀姐叫我拿过来卖的,听说是前姐夫留给林秀姐的。"林刚的老婆回答道。

"你是说苏不凡留给林秀的?"

林刚的老婆对于黄韵云知道得这么多,感到很诧异,她使劲地点点头,说:"苏不凡,你也认识吗?"

黄韵云嗯了一下。她忽然感到背脊一阵寒凉,这个青铜器原来是苏不凡的,敲击青铜器的声音看来是有迹可循。她感到恐惧瞬间袭上心头。

她问林刚的老婆:"你们还回购古玩吗?"

"卖出去的古玩,谁还会再买回来?"林刚的老婆笑笑。

"那这个青铜器能不能放在你店里卖?"

"什么?你要卖这个青铜器吗,为何?这个青铜器可是增值保值的。"林刚的老婆显然不想再接手卖出去的古玩。

"还是卖掉,就按原价卖吧,你若能卖出高价,钱都归你。"黄韵云再也不想把青铜器拿回家,她心有余悸。

林刚的老婆听黄韵云这样说,想了想,如果有钱赚,那也没有什么不好。说道:"那好吧,我可以帮你卖,但是何时能卖掉,我不能确定。"

"那没关系的。"

黄韵云离开后,终于松了一口气,她怎么能要苏不凡留给林秀的东西,苏不凡能不找她麻烦吗?

唐子臻回国

唐子臻带着她的男友回来了,唐文彬和林秀一愣神,由于事先没有打招呼,他们脸上明显不悦。

不过,唐子臻还是唐子臻,带着阳光,带着欢乐,所有的事情在她那里都变得理所当然。

这个男生说着不太流利的中国话,腼腆地跟大家打招呼,长得高大,帅气。与唐文彬说话时,弄得唐文彬哭笑不得。

看得出来这个男孩很听唐子臻的话,唐子臻已经是成年人了,唐文彬和林秀也不好说什么。

晚上,唐文彬与林秀睡在床上。

"子臻和子涵真的不同,子臻的人生现在看起来还是比较顺遂的,子涵一生下来,命运就有点崎岖。"林秀说。

"不要那么悲观,人生哪有不经历风雨的,这点失恋算什么,说不定能碰上更好的。"

唐文彬拍拍她。

"你不要想太多,哪有不折腾的人生。"

"也许吧。"

唐文彬总能在她迷惑时，艰难时，有个肩膀让她依靠。

唐子臻带着她的男友和苏子涵一起走遍整个城市的角角落落。唐子臻听说苏子涵与男朋友分手了，说："姐，分手有什么关系，你条件这么好，还愁嫁不出去吗？"

最近的苏子涵气色好多了，跟着唐子臻一起走街串巷，明显开朗许多。

唐子臻带着她的男友住了半个月，临走的当天晚上，林秀把她叫到房间。

"子臻，妈妈告诉你，你已经是成年人了，你交男朋友，妈妈不反对。但是，你要知道一个女孩子必须自重，要谈朋友就好好谈一个，谈到谈婚论嫁。在这期间，我和你爸爸会观察了一下他的人品如何。"

"妈，我会懂得保护自己的。"

"你以后学业完成，还是要回国的，他愿不愿意跟你回来？"

"他说他已经爱上这里了。"

"那就好，反正你一个人在外面，一切全靠自己，父母亲不在身边，你要照顾好自己。"

"妈，你放心吧，我会把我的学业和爱情都照顾好，等我毕业了，我一定会给你更好的成绩。"

林秀满足地望着唐子臻，看着眼前的女儿出水芙蓉般清新,开心地笑着。

"妈,姐为什么要和高山峰分手?"

"一言难尽,分手就分手吧。你姐条件这么好,还怕找不到更好的。"

"但是我看她好像很忧郁的样子。"

"你回来了,我看她好多了,前一段时间,人傻傻呆呆地落泪,她需要一段时间调整心情。"

"哎,真是的,姐姐心思太重。"

"她不像你,她性格偏内向,沉静,什么事都往心里去,你没事也劝劝她。"

唐子臻来到苏子涵的房间,她看苏子涵正坐在书桌旁看书,便从后面蒙住苏子涵的眼睛。苏子涵闻着这个属于唐子臻特有的香味,说:"别闹了,子臻,又回到小时候了。"

"姐,真舍不得你,明天就要走了,真舍不得离开家,家里好温暖,在外一切靠自己,好累。"

"子臻,你是最优秀的,怎么也沮丧起来了?"

"我没有沮丧,我只是被温暖包围,就退缩不前进了。"

苏子涵笑笑。

"姐,我给你介绍一个我们音乐学院的高才生,研究生,高大威猛。"

"外国人吗? 我可不要。"

唐子臻一阵开朗地笑。

"我才不会给你介绍外国人,一定是中国人。你还在想着高山峰吗?"

苏子涵脸色暗淡下来,不再说话。

"姐,你知道西方人对爱情与东方人对爱情的态度完全不同,他们认为爱情并不属于自己,有的时候会好好珍惜。没有爱情的时候,也不会困扰自己。"

"每个民族不同,经历不同,信仰不同,可能看待问题的看法也不同吧。"

"忘了他吧,重新再来。"

"可是,我真的好爱他,忘不掉啊。"说着说着,苏子涵的眼眶里又泛起泪花。

"姐,你不能那么脆弱,你必须重新站起来。"

苏子涵心中的悲伤漫延,眼神充满忧郁。

"你这样,我会不放心的,你要走出家门,重新交朋友,与朋友在一起就会开心。你条件这么好,以后会找到更好的男朋友的。"

"我会慢慢走出来的,子臻,你放心吧。"苏子涵鼓足勇气说出这句话。

唐子臻拥抱苏子涵,苏子涵感到有一种血浓于水的亲情。

提　　亲

　　黄韵云决定这个周末和高山峰一起去陈圆圆家提亲,黄韵云叫高山峰准备彩礼钱,并买好首饰。

　　高山峰去买了一条钻石项链,当高山峰把项链戴在陈圆圆脖子上时,一个念头闪过,如果戴项链的是苏子涵,那该多好。

　　黄韵云高兴得合不拢嘴,她眼里看到的更是两家合并后的实力。

　　陈圆圆的妈说:"以后我们两家就是一家了,山峰在我家公司也任个职吧。"

　　"结了婚后,他就是你们半个儿子,以后你家的事就是我家的事。"黄韵云说。

　　"是的,山峰能进我们家,我也就放心了,他跟陈圆圆两个就可以撑起整个家业了。"陈洪海从内心喜欢高山峰,同时觉得事业上有了帮手,也可以随时放手让他们管了。

　　陈圆圆坐在高山峰旁边,亲密地挽着他的胳膊。

　　两家开始商讨订婚仪式的事宜,然后去哪里度蜜月。

"去夏威夷,我要去夏威夷。"陈圆圆兴奋地说。

"还是去英国吧,去我上学的地方,好多年没去了,我也想回去看看,还想去安东尼家看看,很想他们。"

"好的,好的,我也想回英国看看。"陈圆圆现在很满足,有高山峰在的地方,哪里都行。

两家父母脸上都写着满意,这是黄韵云要的最好的结果。

高山峰看到这个结果,所有的事情皆大欢喜。这也许就是担当。可是,他抑制不住内心的想念。有一种憋屈在撕扯着他的内心。苏子涵,这个名字在他心中的角落稳稳地存在着。他不想忘记,不能忘记,也不要忘记,那种甜蜜是任何人无法替代的。

他翻着手机里的短信记录,看着他与苏子涵的聊天记录。

他走出去,约了几个哥们去泡吧,去喝酒。

动感的音乐让他忍不住走到舞池里扭动身体,他越舞动越兴奋,空气里弥漫着青春的味道,他感觉浑身放松下来,流了一身汗。那些舞池里妩媚的男女,在闪烁的灯光下忽明忽暗的脸,眼神里都仿佛存有一个小野兽般的欲望。他还是喜欢苏子涵的眼神,沉静与安定,让人有一种踏实的感觉。他觉得男人要有事业,不能儿女情长,从今往后,做一个真正的男子汉。这样想内心便得到了舒解。

卫城项目终于扳回一局

由于各个股东的注资,峰韵在卫城的项目部暂时度过了难关,银行贷款也已还清。项目部继续在销售房产,只是广告不再铺天盖地。这时的黄韵云心态也变平稳,有些时候,该认输的还要认输,不能一条路走到黑。

她开了董事会,希望有更好的方式亡羊补牢,找一个花钱更少,效益更快的方式。

高山峰最后想出了一种方式,借华夏公司的光,宣传卫城项目。"卫城最新地标旁,与地标近在咫尺,卫城最繁华,荣耀满城。"高山峰的建议一出,所有的董事拍手叫好,全票同意。

"不愧是国外留过学回来的,创意和见识上都比我们更胜一筹。"

"做人能屈能伸,事业上能收能放,这才是人才。"

"董事长后继有人,终于可以退居二线了。"

"董事长有福气,有这么一个帅气能干的儿子,就是人生的大财富啊。"

峰韵的董事们都由衷地夸赞高山峰,黄韵云感觉很有成就感。她也觉得高山峰这个广告提议不错,借着月亮宫项目的光,提升自己的知名度。一味地与月亮宫项目抗衡,只能输得更惨。

黄韵云说:"全会通过,尽快操作。"

果不其然,峰韵把姿态低下来,这招的确管用。房地产销售部传来好消息,这两天销售量猛增。黄韵云立刻把价格又抬高了一点,也被客户接受,销售量是上半年的几倍。

黄韵云看到销售额,开心地叫高山峰到自己办公室来。

"山峰,这几年我感觉你进步很大,工作能力也很强,内在越来越丰富和有担当。你对峰韵以后的规划是什么?"黄韵云轻松地说。

"董事长,等卫城项目渡过难关,我打算把峰韵品牌打造为高端品牌,找质量好的蚕丝生产厂商,做一批蚕丝面料的高档服装,然后再开个服装发布会,组成一个模特队,打响品牌。"

"好主意,规划得不错,你还是想做好服装这一块,是不是?"

"是的,我们打造高端品牌,通过这个媒介,再去做一些其他项目,效果会更好。我想要有中国自己的'LV',自己的香奈儿。"

"儿子,你有这个想法很好,人就要有想法,不可以故步自封。你妈我在商界打拼这么多年,如果不是我坚持和有想法,也走不到今天,我希望你延续我的理念,比我做得要好。"

"妈,我会的,近期我有一些对公司的规划和设想,我想做一个报告书给你。"

黄韵云高兴地看着高山峰,对如今儿子的表现特别满意。

"山峰,你准备准备,我想把董事长的职位让你来做,我觉得你的心智现在可以担任了,我也可以好好养养身体,做公司的总顾问了。"

"妈,我怕我不能胜任,还是你来吧。"

"我迟早要退休的,你接任是最好的时候,你先准备一下报告书,到时候开董事会的时候,更有说服力,我相信公司的元老们也会对你信服,会全票通过的。"

"那好吧,我会全力以赴。"

"最近我和陈洪海家商量,你和圆圆先订婚,然后,再举行婚礼。订婚就我们两个公司的主管吃个饭,我来宴请他们,通知一下大家。我看了一下农历,这个月的初六是好日子,你跟圆圆去把证领了。"

高山峰沉默了。

"山峰,妈妈再告诉你一下,感情是可以培养出来的,或许以后你会爱上圆圆的。"

高山峰点点头。

结婚登记路上

初六那天,陈圆圆穿一套红色羊绒外套,脚穿一双皮靴,假睫毛忽闪忽闪的,那条钻石项链,闪着耀眼的光芒。

高山峰开着他那辆奔驰车,陈圆圆看着他专注的模样,心里暗暗高兴,兴奋之情溢于言表。

汽车平稳地驶在去民政局的路上。这时一个红灯亮起,高山峰停下来等车,旁边一个公交车也停了下来。他随意地抬头看了一眼,竟然看到苏子涵坐在公交车上,依然沉静的样子,清秀的侧面,他是那么熟悉她的每一个神情,每一种味道,他心里又开始隐隐作痛。

绿灯亮起,他下意识地跟着公交车开着。一连跟了好几站,苏子涵并没有下车,这时陈圆圆说:"山峰哥,你怎么了?这条路不是通往民政局的路,你是不是开错了?"

这时,高山峰才回过神来,脑海里闪现出黄韵云的话:陈洪海家对我们有恩,我们几辈子也报答不了人家。

于是他掉头转向去民政局的路,他打开 CD 机,音乐响起,还是那首卢冠廷的《一生所爱》:

从前　现在　过去了再不来
红红落叶长埋尘土内
开始终结总是没改变
天边的你漂泊白云外
苦海翻起爱恨
在世间也难逃避命运
……